「よくも私の家族を狙ってくれたわね」
ラフィリア
騎士見習い
「子は親を見て、学び育つものなのです！」
エレン
女神のたまご
「少しは大人になったと言ってくれ」
ガディエル
王太子
「お前は肉球を触らせてくれない」
カイ
騎士見習い
「お前から褒められるとかこえーんだよ！」
カール
騎士見習い
「迷惑極まりないですね」
ューム
療師

著／松浦
イラスト／keepout
5
父は英雄、母は精霊、娘の私は転生者。
カドカワBOOKS

口絵・本文イラスト
keepout

装丁
伸童舎

エレン
主人公。元素の精霊。見た目は子供、中身は大人（のつもり！）。

オリジン
エレンの母。精霊の女王。無邪気で朗らかなナイスバディの超絶美人。

ロヴェル
エレンの父。元・英雄。妻オリジンと娘エレンを溺愛している。

ヴァン
風の精霊。ヴィントの息子。カイと契約した。

アウストル
戦闘を好む精霊にして、霊牙の総長。ヴァンの母親。

サウヴェル・ヴァンクライフト
ロヴェルの弟。公爵家ヴァンクライフト家の当主。騎士団団長。

ラフィリア・ヴァンクライフト
サウヴェルとアリアの間に生まれた一人娘。騎士見習い。

カイ
アルベルトの息子。エレンの護衛に任命される。

イザベラ・ヴァンクライフト
ロヴェルとサウヴェルの母。エレンいわく「おばあちゃま」。

ローレン
ヴァンクライフト家の切れ者の家令。エレンいわく「じいじ」。

ラヴィスエル・ラル・テンバール
テンバール王国の腹黒国王。ロヴェルを気に入っている。

ガディエル・ラル・テンバール
テンバール王国王太子。真面目で物腰が柔らかい。

ヒューム
治療師。精霊アシュトと契約している。

リリアナ
ヒュームの母。ヴァンクライフト家で療養中。

アリア
サウヴェルの元妻でラフィリアの母。女神の断罪を受け、その後失踪。

カール
騎士見習い。ラフィリアといつも反発し合っている。

トゥルー
真実を司る大精霊。真偽を見極めることができる。

人物紹介
character

プロローグ

テンバール国から馬車で三日ほどかかる場所に、フェルフェドという小さな領地があった。

山沿いに面しているこの町の周辺では、川や湖などの水場も多く、樹木の育ちがとても良い。

そのため小麦、芋などの畑を始め、リンゴやオレンジなどの果樹や、果樹を剪定《せんてい》した木を再利用した薪《まき》や黒炭を生産する農業を営むなど、森を中心にした生活をしている者が多かった。

この地を治めている伯爵家の当主ジェフリー・フェルフェドは、父から領地を受け継いだばかりでまだ三十代であったが、領地の経営に積極的だった。最近では果樹を利用した養蜂《ようほう》に力を入れている。

それもここ最近の目覚ましい成長を遂げている、ヴァンクライフト領の事業に着目したからだ。

数年前のヴァンクライフト家は、元王女であるアギエルの悪行のせいで周囲の貴族達からは物笑いの種にされていた。それが一転、英雄の帰還と共に返り咲いた。

ヴァンクライフト家を食い潰《つぶ》していたアギエルへの制裁と、突如始まる領地改革。それらの巻き返しの数々に、貴族達は固唾《かたず》を呑《の》んだ。

新たにテンバール王となったラヴィスエルは、幼少の頃から英雄ロヴェルをいたく気に入っている。アギエルの件で顔に泥を塗られようとも、ラヴィスエルは笑って許してしまった。

王家に楯突《たてつ》きながらも寵愛《ちょうあい》される英雄は、周囲の貴族から見て大変怖い存在だった。

王に気に入られているだけではなく、名声に酔う事もない人柄や精霊魔法使いとしての力、そして領地経営に関しても知恵の泉のように領主の弟に助言を与え、あっという間に領地を発展させていった。

その様に貴族達は慌てずにはいられない。なぜなら英雄が精霊界から持ってきたと噂《うわさ》されていた、不治の病すらも治してしまう「神の薬」という存在があったからだ。

この薬を誰《だれ》もが欲しがり、一時のヴァンクライフト領は酷《ひど》く荒れた。

薬の噂を聞いて、最初に動いたのはテンバール王家であった。

流石《さすが》に王家の申し出を断ることは出来なかったヴァンクライフトは、この薬を取引するのは王家だけと決めた。

王家相手に口を出すわけにはいかない。さらに薬に関して余計な横やりを入れれば、王家の制裁を受けるという噂まで飛び交った。

それを裏付けるかのように、ヴァンクライフトと関わった家がちらほらと取り潰されていった。

表向きの罪状は色々とあるものの、裏では『薬を巡ってヴァンクライフトに手を出した』などとも噂されていた。

甘い汁を吸うために抱える危険性を考えたら、手を引くのが妥当だろう。王家に目をつけられたくないという理由もある。

ヴァンクライフトの事業に一枚噛《か》む事が出来ないとなれば真似るしかない。ジェフリーはそう考えたのだ。

さらにヴァンクライフト領では病人が押し寄せて人手不足に陥っていた。

しかしこの問題を英雄はいとも簡単に解決してみせた。

薬を求めてやってきた病人達が元気になると、この領地で受けた恩恵に感銘を受けて移住を申し出る者が続出した。

すると次に問題になるのが食糧と仕事が不足するという事態だ。しかし、どういうわけかヴァンクライフト領の気候は酷く穏やかで荒れることもない日が続く。

夜のうちに小雨が降る日が続けば水不足になることも無い。その穏やかな天気はまるで精霊に祝福されているかのようだった。

それを裏付けるかのようにとんとんと大豊作が続いていった。収穫に人の手が追いつかなくなり、こぞって働き手が求められた。

作物の買い付けに商人が訪れて金が回り、また人が集まってくる。

止まることが無い豊作続きに、今度は余剰となった作物を税の代わりに徴収すると発表した領主に誰もが目をむいた。徴収した作物を病人へと施すというのだ。

足りない金は、王家に薬を売っている代金などで工面しているのだろう。なんという理想的な光景なのかとジェフリーは舌を巻いた。

ヴァンクライフトはものの数年で誰もが羨《うらや》む土地となっていた。自分の領土もこんな風に発展させてみたいという夢がジェフリーに出来たのだ。


ヴァンクライフトで薬の次に注目されたのが『ビート』という甘味の材料となる作物だった。

元々栽培自体はあったのだが、砂糖として使える量を確保するためには大量に栽培しなくてはならなかった。

だが認知が広まる前にモンスターテンペストで大勢の人が亡くなって人手不足へと陥り、麦とトウモロコシの生産が最優先にされた結果、見向きもされなくなってしまったのである。

ヴァンクライフトは有り余る人手と良い気候に乗って、このビートを大量に生産し始めた。

周囲の貴族達はこれにも驚いた。砂糖として収益を出せるようになるにしても、その量を確保するまでに何年、何十年かかるかも分からないからだ。

しかしビートはたった一年で大豊作となる。さらに砂糖を作る上で出る絞りかすを軍馬の飼料として採用した。

軍事領地でもあるヴァンクライフトでは軍馬の育成が行われていたが、これには膨大な費用がかかる。だからこそ馬は高い。

馬は何頭いても使えるが、外で買うよりも自領で育てた方が遥かに安いためにヴァンクライフトの馬を買う者は王族くらいだった。

さらにヴァンクライフトの馬は軍事用でもあるため、一定の数を保有して維持する必要がある。つまり莫大《ばくだい》な維持費がかかる代物を抱えている領だったのだ。

（それらがほとんど解消されてしまう程の事業をたった数年で作り上げるなんて……英雄はなんというやり手なんだ）

ヴァンクライフト領を調べれば調べるほど、ジェフリーは感嘆の溜息《ためいき》をこぼした。

ヴァンクライフトの勢いに少しでも便乗できるとすれば、自領でまかなえる養蜂のハチミツしかないだろう。

作物が溢《あふ》れれば溢れるほど、次に必要になってくるのは保存方法だった。

豊作となった小麦や砂糖が世に出回り始めるに連れて、保存が利くパンや菓子が段々と出回るようになった。

その中でも特に貴族を中心に菓子が出回り始めると、甘味に魅了された人で溢れるまではあっという間だった。

この波に乗れるものがあるとすれば、それこそハチミツだ。

今この時なのだとジェフリーは使命感に駆られていた。

ジェフリーは護衛を数人引き連れて、ここ一帯の養蜂を管理しているトリスタンという男の元へ向かっていた。

＊

ジェフリーは、トリスタンに養蜂場の規模を広げてもらいたかった。

しかしトリスタンは両親を亡くして久しい。ここしばらくは独りで養蜂場を管理していた。これ以上は管理が難しいと言うので、人を斡旋《あっせん》して雇い入れるようにと説得を重ねていた。

そんな最中《さなか》、しばらく前に伯父夫婦がやってきたと連絡が入った。その夫婦は王都の近くの町で食事処《どころ》を営んでいたらしい。しかし歳《とし》には勝てぬと店を畳み、身を寄せる先を探しているそうだ。

夫婦を気にかけたトリスタンは、領主であるジェフリーに移住許可をもらえないかと相談してきた。

これを聞いたジェフリーは、その夫婦をフェルフェドで受け入れて養蜂場で雇い入れるようにとトリスタンを説得した。人員が確保できれば、養蜂場の拡大に頷《うなず》いてくれるだろう。

ジェフリーとトリスタンは幼なじみでもあったので、少なからずお互いの人柄は分かっているつもりだ。

トリスタンは寡黙で勤勉ではあるが、人付き合いがあまり上手い方ではなかったので、他人を雇い入れるよりも身内の方が良いというのはジェフリーにも分かった。

さらに伯父夫婦が食事処をやっていたならば、トリスタンの代わりに人付き合いもできるだろう。

「運が向いてきたぞ！」

ジェフリーは自分の歩く先が明るく見えた気がした。

*

トリスタンの元へと身を寄せた伯父夫婦との面会も済ませ、合意を何とか得ることが出来たジェフリーは、帰り道の馬車の中で浮かれていた。

「話し込んでしまったからとっぷりと日が暮れてしまった。早く帰ってワインを飲みたいよ」

「ようございましたね、旦那様《だんなさま》」

向かいに座り、父の代から秘書として助けてくれているゴードンも嬉《うれ》しそうに笑っていた。

ゴードンとは父親との年齢差以上に歳が離れており、小さな頃から面倒を見てもらったお陰で育ての親としても慕っている。そんなゴードンに喜んでもらえるのがとても嬉しかった。

「これから甘味の時代が来る。ヴァンクライフトを見てそう思ったんだ。あれほどまでの発展は望めないと思うが、うちはうちのやり方でフェルフェドを豊かにしてみせるよ」

「なんという心強いお言葉でしょう」

ジェフリーの言葉にゴードンが感激した。さらに気を良くしたジェフリーは、帰ったら一緒に酒を飲もうと提案した。

嬉しそうに頷いたゴードンだったが、次の瞬間、馬の嘶《いなな》きと共に馬車が大きく揺れて二人は体勢を崩した。

歳老いたゴードンを守ろうと、ジェフリーは慌てて手を伸ばした。

「大丈夫か、ゴードン！」

「申し訳ございません……私は大丈夫です。旦那様こそお怪我《けが》はございませんか？」

「大丈夫だ。……一体何があったんだ？」

馬車の転倒は免れたようだ。それだけでも救いだったと安堵《あんど》の息を吐《つ》く。

外の様子を覗《うかが》うために、ジェフリーは窓を覆ったカーテンの裾《すそ》を摘《つ》まんで、ほんの僅《わず》かな隙間《すきま》に片目を寄せた。

『何事だ！』

外から護衛の怒声が響いた。日が暮れてしまったせいで視界は闇に包まれている。護衛達のカンテラの光がちらちらと動いているのは分かったが、盗賊に囲まれている風には見えない。

「賊の類《たぐ》いではないようだが……何か轢《ひ》いたか？」

「旦那様、私が出ましょう」

「……分かった。気を付けるんだぞ。お前に何かあったら皆が悲しむ」

「ありがとうございます。気を付けましょう」

ここ最近、強盗の類いはめっきり減っていた。人が集まる場所の方が獲物が多いと思われているらしく、ヴァンクライフトの周辺に被害が集中していたからだ。

それも一時的だったのかもしれないとジェフリーは眉《まゆ》を寄せた。ヴァンクライフトは軍事領で騎士が大勢在籍しているため、捕まりやすいと思われ戻って来てしまったのかもしれない。

細く開いた扉の隙間からゴードンが素早く出て行った。ジェフリーはすぐに扉の鍵《かぎ》を閉めるが、自身も何かあった時のために剣の柄《つか》を握りしめる。

外に注意を向けながら緊張していると、突如護衛の悲鳴が木霊してジェフリーの肩が跳ねた。

『うわあああ！　ば、化け物……！』

化け物と聞いてジェフリーは室内を見回した。獣には火が有効だ。室内にかけていたカンテラを外して左手に持ち、剣の柄も握りしめて飛び出していく。夜盗などの類いでは無く、獣だったのかもしれない。

急いで逃げなければと、ゴードンに向かって馬車の中へ入れと言おうとして、異様な風景に出くわした。

「女……？」

頭から大きな布を被《かぶ》って全身を隠しているようだが、その細い体格は紛れもない女だった。その女はカンテラの光を嫌ってか、こちらに気付くとフードを深く被り直して急いで逃げ出した。

「お、おい！」

思わず呼び止めてしまうが止まるわけがない。ジェフリーの声に護衛達も我に返って追いかけようとしたが、この視界の悪さでは分が悪い。

「止《や》めろ！　追いかけるな！」

そう止めると、護衛達も慌ててこちらへと戻って来た。

「皆は無事か？」

「は、はい……何か飛び出してきたので轢いたかと思ったのですが……」

「走って逃げたのだから無事だろう。全く、とんでもない」

ジェフリーは馬車が横転しなくて良かったと肩の力を抜いた。

「夜だったのが幸いしました。この道で馬に余計な制止をかけていたら横転していたでしょう」

護衛の言葉を聞いて心から安堵した。轢いてしまった女が怪我をしているのかは分からなかったが、こちらは下手をしたら死んでいただろう。悪いとは思ったが、走って逃げてしまったのだから、深追いを止めた。

「とりあえず馬と馬車を確かめてさっさと帰るぞ」

「はい！」

ジェフリーの言葉に皆が頷き、各自ばらばらと散っていった。

一人が馬の状態と馬車の車輪を確かめている間に、ジェフリーは腰を抜かした護衛を気遣う。手を貸して立ち上がらせ、怪我が無いかと聞いた。

彼も特に怪我が無かったのが幸いだった。こちらも無事のようだと安心すると、ジェフリーはゴードンの姿を捜した。

カンテラを持ち上げて左右を照らす。ぐるりと馬車を回ってしまった。どうやら反対側にいたらしい。

「ゴードン？　こちら側にいたのか。無事か？」

「だ、旦那様……」

震えた声を出すゴードンを訝《いぶか》しげに見る。こんなに動揺したゴードンを見るのは初めてだった。

「ゴードン？」

「お、女が……」

「落ち着け、ゴードン。女は逃げた。もういない」

「ま、真っ黒な女が……」

「何？　真っ黒？」

思わずもう一度聞き返すと、ゴードンが叫ぶように言った。

「全身黒い女がおりました！　あ、あれは化け物です‼」

この事件を皮切りに、フェルフェドでは不幸が続くようになってしまった。

第三十話　噂

テンバール王城の一室では、机に積まれた書類の山を見て溜息をこぼす者がいた。王太子のガディエルだ。朝早くからこの書類の山を片付けようとしているのに、一向に減る気配がない。

父であるラヴィスエルからごく一部の仕事を回されるようになったとはいえ、片付ける側《そば》から次から次へと増える紙の束に比例して溜息が増えていく。その横にいた護衛のラーベが苦笑した。

「少し休憩されますか？」

「いや、いい。もうすぐ昼だし、それまでにここにある分を終わらせたい」

「承りました。お茶だけお持ちしましょう」

「頼む」

午前は書類作業、午後は剣術や乗馬と身体《からだ》を動かすことが多い。夜は最近だと陛下に付き添って会食を挟むことが多くなってきた。

「午後の予定は？」

「陛下から昼食後にお話があるとお聞きしております。その後は乗馬の予定です」

「……そうか」

ラーベは一礼して隣の部屋へ茶道具を取りに部屋から出て行った。

ガディエルは王であるラヴィスエルから直接呼ばれた理由を考えたが、心当たりが無い。

ふとした時に「調子はどうだ？」と聞かれる事はあるので、もしかして経過報告だろうかと首を捻《ひね》った。

だがその程度ならば、数刻前に一緒に過ごした朝食の席でもよかったはずだ。という事は、新たに仕事を追加される可能性がある事に気付いた。

その内容次第では、目の前の仕事が停滞してしまうかもしれない。

（あの一件以来、俺は疑うことを覚えてしまったな）

ガディエルは苦笑しながらそう思う。

どちらに転んでも良いように、目の前の紙の束を早々に処理するべきだろう。とにかく終わらせようと次の紙を引き寄せた。

＊

ガディエルが学院を卒業して二ヶ月が経過した。学院を取り仕切っていたベルンドゥール家が取り潰《つぶ》しになって早くも半年が過ぎようとしている。

その後の学院は混乱するかと思いきや、ほとんど騒ぎにはならなかった。それもそのはずで、新たに生まれた大精霊と契約したカイの話でもちきりだったからだ。

在院生からしてみれば、口うるさい先生がいなくなったという認識しかないのかもしれない。

ベルンドゥール家が取り潰しになったと知って震撼《しんかん》したのは、周囲の貴族達と領土に税を納める民くらいだった。

ベルンドゥールは表向き、モンスターテンペストを引き起こした元凶だったと公開処刑された。さらに余罪として、諜報《ちょうほう》活動もあった。

この事実が明るみに出ると、モンスターテンペストの被害に遭った者達の怒りがベルンドゥールへと集中した。

魔物と対峙《たいじ》して怪我をした者、家族を失った者、失業した者。十数年経《た》ってはいたが、まるで燻《くすぶ》っていた火が一気に爆発したようにベルンドゥール領地の至る所で火の手が上がった。

ベルンドゥールの屋敷は放火されて瓦礫《がれき》と化し、学院にも暴挙が及びそうになった。しかし事前に気付いたサウヴェル率いる騎士団が生徒達を守るために学院の守護についたので無事だった。

閉鎖的な学院で過ごす生徒達は、騎士科の訓練だと思っていたようだ。

ベルンドゥールの公開処刑には怒りに満ちた者が集まり、目を背けたくなるほどの凄惨《せいさん》な場となった。

その光景はガディエルの脳裏にこびり付き、悪夢となって時折襲いかかってくる。

ベルンドゥールの祖先が起こした罪は、そのままテンバール王家の罪と同等であった。

精霊達から断罪されてもおかしくない中で、どうして自分たちは生かされているのだろうかとガディエルは純粋に疑問に思った。

それをラヴィスエルに問うた事がある。すると答えは意外なものだった。

『私もロヴェルに聞いたな。大精霊達が揃《そろ》うと一族だけを亡ぼすという細かい芸当ができないと言っていた。国を丸ごと吹き飛ばすそうだ』

『なんと……』

『人が一度に大量に死ぬと、女神にとっては面倒なのだと言っていた。まあ、生かされる理由が何かあるのだろう』

そう笑いながらラヴィスエルは教えてくれた。そして何かを思い出したかのように付け加える。

『それから戦争をするなと言っていたな。難しいが、叶《かな》えられるように努力するしかないだろう。戦争は金になる。欲に目が眩《くら》んでやりたがる者が多くて抑えるのは苦労するがな』

苦労すると言うラヴィスエルの横で、ガディエルの表情は険しかった。

『我々は女神に生かされ、ロヴェルとエレンに助けられている。それは分かるか？』

そうラヴィスエルに問われ、ガディエルは返事と共に頷《うなず》いた。

ガディエルは、エレンに王家の祖先の行動は民を助けるためだったのだから謝ってはならない、と忠告された事を思い出した。

酷《ひど》い事をされた過去を踏まえながらもこちらの事を慮《おもんぱか》り、助けてくれる二人に驚かずにはいられない。

ロヴェルの兄弟がテンバールにいるからだろうか？

ヴァンクライフトが大事にしている民のためだろうか？

（家族に手を出すなと忠告してきたエレンなのだから、きっと家族がテンバールにいるからなのだろう）

過去にエレンに忠告された事があると伝えると、ラヴィスエルも少し驚いた顔をしていた。

『エレンらしい』

そう笑うラヴィスエルにガディエルは驚いた。自分が抱いたエレンの印象と違っていたからだ。

（エレンは……精霊達は、我々の事が尚嫌いになったとばかり……）

ガディエルは率直にそんな風に思っていたのだ。

王家はエレンの薬に関わりを持てているが、これが断ち切られなかったのは、ひとえにエレンの温情のおかげだ。

ラヴィスエルが言うように、エレンとロヴェルがヴァンクライフト家にいてくれるだけで、その恩恵は計りしれない。

だが、ガディエルはそこに壁を感じずにはいられなかった。

（エレンは一方的に頼る事はしない。それどころか利用価値があれば交渉すらしてくる。精霊と王家の確執を抜きにして、使える物は使うのだ）

何と潔いのだろう。

けれど、利害関係よりもガディエルは精霊と友達になりたかったという幼い頃からの夢があった。

いつまで夢を見ているのだと自分でも思っているが、幼い頃に抱いていた憧《あこが》れが尾を引いている。

エレンは王家を制裁するでもなく、また過去を盾にして何かを要求することもしない。

する価値すらないと真っ向から否定されているのが分かり、それが悲しかった。

*

ガディエルは王家とヴァンクライフト家の関係性を頭の中で描きながら、エレンが領地で実施している策を調べていた。

本来ならばラヴィスエルが行うべきなのだが、丁度良いとばかりにガディエルに課したのだ。

もちろんガディエルが許可したものや、対策として提案したものなどを再度見直しているのはラヴィスエルだが、エレンが関わっているとはいえ、どうして軍事関連よりも先に治療院に関することなのかと疑問に思ってしまった。

まるでエレンへの気持ちを見透かされて、遊ばれているようだ。ガディエルは湧き起こっている不快感を腹の底に押し込めて、報告書に目を戻した。

報告書には、エレンが提案した「識別救急」という方法について書かれていた。患者の重症度によって診察の順番を決めていくという方法だ。

こういった方法がなかったわけではない。しかし、それらは治療師各自が勝手にやっている事で、こうして上から指示を出す必要性を考えもしなかった。

その識別はあまりに的確なため、精霊が関与しているのでは？　とまで噂《うわさ》された。

この報告書は、本当に精霊が関わっているのかという真偽を確かめるための報告書だった。

報告書には、確かにいましたと書かれているが、なぜかその精霊を見た患者はいないらしく、精霊治療師だけが見えているそうだ。

（誰《だれ》かの精霊なのだろうか？）

エレンが必要性を唱えたのであれば、精霊界からわざわざ連れて来た可能性があるのではないだろうか。

識別救急は次第に広まり、同じものを取り入れたいという嘆願書がガディエルの元へ山のように来るようになった。

精霊が識別しているならば無理ではないか？　と思わなくもないが、恐らくそれとは別にきちんとした基準を設けているのだろう。直接聞けるならば、是非ともその方法を知りたいと思う。

山と化した報告書に目を通し、ヴァンクライフト領が行っている治療方針を知れば知るほど、エレンが何をしているのか、そして領地に何をもたらしているのかが手に取るように分かって歯がゆかった。治療院の改革には、ほぼエレンが関わっているのだ。

（陛下がエレンを欲しがるはずだ……）

これほどまでに有能な人材が他にいるだろうか？
己にこれができるかと言ったら否である。考えもつかないものを、ありとあらゆる方法で実践している。エレンにはその知恵と、実行する力があった。

自分よりも幼い者の手腕をこれでもかと見せつけられて胃が痛い。

ラヴィスエルは口癖のように「エレンが娘だったら」とぽつりとこぼす。恐らく、ガディエルの前に限って、わざと言うのだ。

「俺《おれ》だって……」

ふて腐れたようにガディエルがぽつりとこぼした。

ハッと意識を戻して周囲を見回す。思っていたことが口に出てしまった。幸いまだラーベは帰ってきていないようだった。

こんな一人言をラーベに聞かれてしまえば、嬉々《きき》として根掘り葉掘り聞いてくるに決まっている。

この場にいなくて良かったと、ガディエルは少し赤くなりながら安堵《あんど》の溜息《ためいき》を吐《つ》いた。

憧れや嫉妬《しっと》、羨望《せんぼう》などの様々な感情がガディエルを揺さぶり続けている。

（いけない、集中力が散漫になっている）

首を横に振って頭から雑念を追い出した。もう一度手元の書類に目を通しながら、これが王宮にいる治療師達にできるだろうかと考える。

貴族が関わる医者や治療師達に、治療を施す順番を聞けばどんな返事がもらえるだろうか。貴族の序列、金、名声……しかし、ヴァンクライフト領の治療院では貴族ではなく、平民が相手だ。

そういった欲を一切排除していることが一目で分かる。それを聞いた医師や治療師達は、鼻で笑うのだろうか。

薬が目当てで仮病を使った者は、精霊が弾き飛ばすなどという噂も絶えない。

重症度によっては、より高度な治療を施していくようだ。それらが生み出す結果は死者が減るという事だ。

中でも一番多く届いた嘆願書が、主に産婆を雇い入れた『助産院』という新たに作られた治療院を王都にも作って欲しいというものだ。

女性の医師と治療師、産婆で固めた治療院は妊娠した女性達が主に利用している。

これが何を引き起こしたのかと言うと、ヴァンクライフト領の出生率の著しい増加だ。ここ一年の増加は目を見張るものがあった。

テンバール王国はモンスターテンペストで大勢の民を失っている。あれから十五年が経過しているとはいえ、直後に簡単に子が生まれるはずもない。だからこそ、これにラヴィスエルが喜ばないはずがなかった。

民の数は国の勢いでもある。増え過ぎると問題を生むが、減るのも問題なのだ。

出産時に何かあれば、すぐに医師や精霊治療師の治療が受けられて赤子の死亡が減った事が特に大きいのだろう。

そして生まれた後は産婆による育児の指導などがしばらく受けられると聞いて、自然と妊婦が集まってきた。

人が増えた事で諍《いさか》いなども増えたが、元々軍事領というだけあってすぐに騎士がやって来て仲裁に入っている。

王都でこれらが出来るだろうかとガディエルは思案して即座に否定した。

ヴァンクライフト領だからこそ出来るのだ。エレンだからこそ瞬時に対応策を練り、実行出来る力がある。

最近、ヴァンクライフト領へと派遣されたヒュームという治療師がいた。

定期的に上がる報告書を読んだ事で、ヴァンクライフト領に憧れて派遣を希望する者がちらほらと出てきたのを知っている。

頭が固くて融通が利かない上司がいる王宮よりも、やりがいのあるヴァンクラフト領へと赴きたいのだろう。

中には王宮を辞めて、独自にヴァンクライフト領へと向かう者もいたという。

そんな者達が集まった事で家が足りなくなったと聞けば、エレンは「社宅」を用意する。

(このまま行けば、エレンに人員を根こそぎ持って行かれるな)

報告書を読むにつれ、ガディエルの眉間《みけん》に皺《しわ》が寄っていく。

今度は集中するあまり、ラーベが戻ってきても気付かなかった。

＊

昼食の時間ギリギリに何とか書類をまとめ上げたガディエルは、凝り固まった両腕を伸ばす。肩からゴキゴキと鈍い音がした。

「書類仕事は日頃の勉強よりも疲れる。ラーベ、これを陛下へ届けておいてくれ」

「畏《かしこ》まりました。お疲れ様です、殿下」

「身体《からだ》を動かしていないせいか、あまり腹は減ってないな。学院にいた頃はすぐに腹が減っていたというのに」

「成長期だったのでしょう。そろそろ落ちついてきたのかもしれませんね。身長もここ一年でかなり伸びましたし」

「そうか？」

ガディエルは十七歳になった。先日学院を卒業したが、それ以降もぐんぐんと身長が伸びていた。今ではもうすぐ百八十センチに届きそうである。

護衛のラーベ達と身長が並ぶ様は、ガディエルにとって嬉《うれ》しかった。

「俺的にはその辺で止めて下さると嬉しいんですが」

「なるほど。それはもう少し伸ばせという事だな」

「学院を卒業してから殿下が可愛《かわい》くなくなりました〜〜」

「本当に失礼な奴だ。少しは大人になったと言ってくれ」

ガディエルは呆《あき》れながらも笑う。

ラーベを含め、ガディエルの護衛である三人は、ガディエルの兄のような存在であった。

ラーベからしてみればお世話をしていた可愛い弟が、大きくなって誇らしいやら寂しいやら……

といった気持ちであるらしい。

「殿下、午後の陛下とのお話ですが」

「ん？　どうした」

「その後の乗馬の予定が無くなりました。陛下との場に我々も同席いたします」

「……分かった」

ガディエルの護衛は三人交代制で、内一人がガディエルに常に付き添っている。

食事休憩のために午後で交代という事もあるのだが、こういった場でまとめて呼ばれるのはヴァンクライフト領で正体不明の薬について調査しろと言われた時以来だろうか。

恐らくと言うよりも、ほぼ確定でどこかへ向かわされるのだろう。

「書類を終わらせておいて正解だったな」

「おや、それはそれは」

ラーべが嬉しそうな笑みを浮かべていた。まるで成長を喜んでいる兄のように見えてガディエルはどこかくすぐったくなった。

気付けばラーべのお陰で緊張していた気持ちが解《ほぐ》れていた。食事をして気合いを入れようと、ガディエルは椅子から立ち上がった。

＊

食事を終えたガディエルは、ラーべ、フォーゲル、トルークと合流してラヴィスエルの執務室へと向かった。

扉の両脇で警備している近衛《このえ》達がこちらに気付いて敬礼をする。ラーべ達が近衛に簡単な敬礼を返しているのを横目で見ながら、近衛が扉を開けるのを待った。

「陛下、ガディエル殿下がいらっしゃいました」

「ああ、通せ」

「失礼します」

一礼して入ると、ラヴィスエルは椅子から立ち上がり、ソファーに座れと促した。ガディエルだけが座り、ラーべ達はソファーの後ろに待機している。

「報告書を読んだ。頑張っているようだな」

「ありがとうございます」

ラヴィスエルもガディエルの向かいに座り、背もたれに寄りかかった。側仕《そばづか》えの近衛に「茶を」と一言だけ伝えると、近衛が頭を下げて出て行った。

「ガディエル、フェルフェド領を知っているか?」

「フェルフェド……オレンジやリンゴなどの果樹を主とした作物が多く、今年は実りが良いと聞いております。この間のパーティーで養蜂《ようほう》の規模を大きくしたいとジェフリー殿が申しておりました」

「ほう? お前に直接言ったのか。して、その養蜂をお前はどう思う?」

「甘味は売れます。私に遠回しに言ってきたのは出資目的だろうと思いますが、しばらくは様子見でしょう。ヴァンクライフトのビートに負けます。あちらは絞りかすが家畜の餌《えさ》にもなるそうで無駄がありません。けれど養蜂の蜂達は冬は動けないので、収穫に差が出ます。蜜蠟《みつろう》は使えますが、蠟は木や魚、虫からも取れますので弱いと考えました」

「だからこそ規模を大きくしたい、か。まあ気持ちは分かる」

「はい」

そう言ってラヴィスエルは机へと戻り、さっと書類を一枚持ってきてガディエルへと渡した。

その書類をよくよく見ると、フェルフェドで行っている養蜂場の援助願いだった。パーティーでガディエルに遠回しに言ってきたのは、これの根回しだったのだろう。

ガディエルに言っておきながら願書を陛下へ直接流すとはどういう事か。書類を呆れた顔で見ていたガディエルを面白そうに眺めながら、ラヴィスエルは笑いながら聞いてきた。

「エレンはビートへの出資を願い出てはいないのか？」

「届け出はありません……と言いますか、ヴァンクライフトからは何も……」

「まあ、そうだろうな。エレンは借りを作るのを嫌う」

「はい」

「願い出る時は足下を見られない内に交換条件を持ってくるからな。と言っても、交換条件を出したところで全《すべ》てお見通しでやりにくいが」

「……」

「ふっ」

ガディエルの神妙な顔に、ラヴィスエルが堪《こら》えきれず笑い出す。

「エレンの相手が出来なかったと不満そうだな」

「そのようなことは……」

「まあいい。本題に入ろう。フェルフェドから騎士団経由で調査の依頼があった」

「何かあったのですか？」

一応各領土の問題にも目を通しているが、フェルフェドからの依頼に直接ラヴィスエルへ向けたものがあったのかとガディエルは驚いた。

「黒い女、という噂《うわさ》を聞いたことがあるか？」

「黒い女……いいえ、ありません」

ガディエルが首を横に振ると、ラヴィスエルは笑った。

「噂とは言え黒い女が伝染病を患っていて病原体をまきちらしている疑いがあったからな。秘密裏に調査をしていた」

「伝染病……！」

ガディエルは思わず立ち上がる。その様子をラヴィスエルから目線で咎《とが》められ、我に返ったガディエルは謝罪してソファーに座り直した。

「最初はただの目撃情報だったようだ。フェルフェドの外れの森で噂になり、駐在していた兵士が調べたそうだが、そんな女など見付からなかった」

「他《ほか》に発症した者はいなかったのですか？」

「醜聞を恐れて女を隠している者がいる可能性はあるが、今のところ、その女以外の目撃情報は無い。また肌が黒くなるような奇病も見付かっていない」

ガディエルはそれを聞いて、緊張していた肩の力が少し抜けた気がした。

記憶にあるのは数年前にヴァンクライフトの薬を調査した時だ。あの時も同じように緊張した覚えがある。

本来ならば王太子であるガディエルは、もしもの事態に備えてそういった場に行ってはならないのだが、ラヴィスエルは容赦せずにガディエルに行けと命令した。

むしろ病気になることで、今後その病気にかかりにくくなるという事例を知っているせいか、若い内に積極的に病気になっておけとまで言ってくる。エレンが言うにはこれを抗体と言うらしい。

しかし病気で子種を失う可能性もあるので、王宮治療師達はラヴィスエルの発言に慌てて反論していた。

精霊魔法に頼れないからこそ、こういった風に自衛をするしかないのだと、今だからこそ理解できる事だった。

最近ではこれを狙って病気が蔓延《まんえん》している所に向かわせているのではないかと疑わずにはいられない。

「騎士団経由ということは、サウヴェル殿もご存じなのですか？」

「前もってエレンに聞いたらしい。皮膚が闇のように真っ黒に染まっているものというのは先天性で、感染の恐れは無いものがほとんどだという。後は病気や怪我《けが》などでできた皮膚の黒ずみらしいが、それらとは別に心当たりがあるとサウヴェルが言った」

「え……心当たりでございますか？」

「記憶に新しいだろう。サウヴェルの後妻だ。いや、もう離婚したか」

「離婚は存じておりますが……一度式でお見かけしたくらいで……ああ、確か髪は黒だったと記憶しております」

「女の方が不貞を働いていたのは聞いているだろう？　愚かにも女神の断罪を恐れてサウヴェルを殺そうとしたらしい。それを知ったエレンが怒って女神の断罪を施し、首から下が真っ黒な茨《いばら》で覆われたそうだ」

そう言って笑っているラヴィスエルに対して、ガディエルはもたらされた情報が多くて混乱していた。

「静寂の悪魔と名高いサウヴェル殿を殺そうとするとは……なんと思い切ったことを」

思いがけないガディエルの反応に、ラヴィスエルが肩を震わせながら笑った。

「くっくっくっ。お前が気になる所はそこか！」

ロヴェルには『氷の貴公子』や『精霊の剣神』など二つ名が幾つもあるのだが、それは彼だけではない。

騎士に属するヴァンクライフト家の者達は、二つ名が通例のように存在する。サウヴェルもまた例に漏れず、裏では『静寂の悪魔』と呼ばれていた。

サウヴェルは戦闘以外では気が弱い印象を与えがちだが、それに高をくくっていると、いつの間にか相手が殺されている。静かに、そして笑いながら確実に仕留めるのだ。

口元が笑ったまま、静かに素早く忍び寄ってくるその様子から『静寂の悪魔』と呼ばれていた。

その頃になって近衛がお茶を運んできた。目の前で茶を淹《い》れ、先に毒味役が飲む。毒味が済む頃には少し冷めているお茶がテーブルに並べられた。

ラヴィスエルが先に茶を口にしたのを確認してからガディエルも口に運んだ。

ラヴィスエルは器用に音を立てずに持っていたカップを皿の上に戻した。

「仮にもうちの騎士団長を殺そうとするのはなかなか面白かったが、伝染病ではない。エレンとロヴェルが精霊を使って確認したから間違いない」

過去の確執など一切持ち出さず、民のためとなればすぐに調べてくれるエレン達の潔さに助かっている。

「それは……良かったです」

「なんだ、やはりお前がエレンに確認したかったのか？」

「へ、陛下！」

狼狽《うろた》える様を見て遊ぶラヴィスエルに、ガディエルは居心地が悪くなる。

早く用件が終わってくれないかな……などと思っていると、素直に顔に出てしまっていたらしく、ラヴィスエルに気付かれてしまった。

「さっさと用件に行けと言わんばかりの顔をするな」

「う……申し訳ございません」

正直に謝罪すると笑われてしまった。

「お前といいサウヴェルといい、思っている事が顔に出過ぎるぞ」

溜息《ためいき》を一つこぼしてラヴィスエルは続けた。

「黒い女の噂を聞いた兵士が周辺を探索したが、フェルフェドの周辺で妙な賊が出没しているそうだ」

「妙な賊……ですか？」

「黒い女自体が賊の仕業かと思ったが、妙に統率が取れているそうだ。そこでだ、ガディエル。行ってこい」

「陛下はいつも唐突です」

そこはサウヴェル殿ではないのですか？　と、ガディエルが問えば、「黒い女の正体が元妻だとすれば逃げられる」と言われてしまった。

それに丁度、フェルフェドから養蜂の援助願いが出ていたのだから、直《じか》に見てこいと言われてしまえばもう何も言えなかった。

「お前の予定にそろそろ領地視察を入れようとしていた。丁度良いだろう」

「……畏《かしこ》まりました」

「ガディエル、どうして私がお前に軍事よりも治療院関係の仕事を真っ先にやらせているか理解しているか？」

少し考えながらも、ガディエルは率直な気持ちで答えた。

「……エレンの手腕を見るためかと思っておりました。彼女の手腕は、とても勉強になります」

「それもあるが、精霊と契約できない我々にとってヴァンクライフト家はこの国の要《かなめ》だ」

「はい」

「だが、同時に弱点でもある」

「は……」

頷《うなず》こうとして、ガディエルはまさかという顔をした。

「お前にとって記憶に新しいだろう？　視察始めはヴァンクライフトへ行け。以上だ」

用件は終わったとラヴィスエルは席を立つ。ガディエルも同じく立って一礼して執務室から去った。


部屋に戻ったガディエルは、すぐに護衛の三人に指示を出した。

「フォーゲル、サウヴェルの元妻……ラフィリアの母親の親族を調べろ。現在の居場所もだ」

「はい」

「ラーベ、サウヴェル殿に視察の打診を。あと調べ物を手伝ってくれ」

「畏まりました」

「トルーク、すぐにフェルフェドに行けるか？」

「御意。賊の情報を集めて参ります」

「ヴァンクライフトの視察が終わり次第、すぐに動けるように。では各自動いてくれ」

三人の返事を聞いて、ガディエルはラーベと共に書庫へと向かった。

「何をお調べになるのですか？」

「フェルフェドの地形を記したものを持ってきてくれ。あと、目撃情報の記録も見たい」

「はい。他にございますか？」

「あとは……フェルフェドで税を納めている民の一覧と、住民受け入れの記録も持ってきてくれ」

「畏まりました」

ガディエルはヴァンクライフトの家系図、サウヴェルの離婚書などをざっとまとめていく。そして忘れてはならない、隣の国。

「エレンに知られる前に動かなければ……」

ガディエルは何かに取り憑《つ》かれたかのように書庫の机に書類を山積みにしていく。その様子を横目で見ていたラーベは、少し驚きながらも苦笑していた。

第三十一話　相談

忙しい日々を送るサウヴェルは、ローレンから手渡された手紙を見て目を細めた。

差し出し人はガディエルの側近の一人だった。城でも何度か見かけたことがあったが、サウヴェルは王直属なのでラヴィスエルからの命令で関わる事しかなかった。

なぜなら王太子の教育に、まだ軍事関係は組み込まれていない。お互い顔と名だけは知っているというわけだ。

いや、まともに会った事があると言えばあるかもしれない。ラフィリアの誘拐の時以来だろうか。

他に個人的に連絡が来ることなどあったかと漠然とした記憶を探るが、首を捻《ひね》るばかりで何も出てこない。とりあえず封蠟《ふうろう》を音を立てて剝《は》がし、中の手紙を引き抜いた。

中に書かれている文字に目を滑らせていくに従って、サウヴェルの眉間《みけん》に皺《しわ》が増えていった。

内容はこうであった。


『ヴァンクライフト領の視察を王太子殿下が取り仕切る事が決まりました。つきましてはその日程と警備の配置についてご相談したく、取り急ぎご連絡致します』

「……陛下ではない？」

てっきりラヴィスエルと共に来るとばかり思っていただけに、サウヴェルは困惑していた。

学院を卒業したガディエルの王太子教育が始まって二ヶ月になる。確かにそろそろ視察に来るだろうとは思っていたが、まさかガディエルだけだなどと誰《だれ》が予想できるだろうか。それにラヴィスエルからは何も聞かされていなかった。

王都のすぐ隣にあるこのヴァンクライフト領は、テンバール国の軍事施設も兼ねている。

最近では治療院も設立し、著しい発展を遂げているヴァンクライフト領。そしてガディエルも王太子教育の一端として、精霊魔法使いの中でも治療師と治療院に関しての仕事の一端を任されていると聞いている。

そう考えると確かに不自然ではないが、ラヴィスエルが来ないのがどうにも腑《ふ》に落ちない。それにガディエルだけが視察に来るとなれば、考えられる問題が一つ浮上した。

「これでは兄上が協力してくれない！」

手紙を握りしめたサウヴェルは頭を抱えた。その横にいたローレンは「おや」と、片眉《かたまゆ》を少しだけ動かした。

そこでサウヴェルの叫びが追加されて内容が「ロヴェル」となれば、王家絡みだとローレンも気付いたのだろう。

そこまで続けばサウヴェルの胃痛の種が増えると気付いたローレンは、すかさず彼のために甘めのミルクティーを淹《い》れている。

そんなローレンの気遣いが横で行われているとは気付かず、サウヴェルは重い溜息を何度もこぼした。

王宮でのサウヴェルは騎士団を任されている押しも押されもせぬ騎士団長だが、家の事になった途端に弱くなる。

それというのも、アギエルにしてやられていた経緯がトラウマとなって領地経営に苦手意識が芽生えてしまっているようだった。

ラヴィスエルが視察に来るとなれば、嫌々ながらもロヴェルは同席してくれるだろう。

サウヴェル自身が騎士団長としての責務に追われている間の領地は、ロヴェル、エレン、ローレン、イザベラが手伝ってくれている。

その中でも治療院に関してはエレンが中心となっているため、領主であるサウヴェル自身も全体像を摑《つか》みきれていない。

エレンはよく「こうしたらどうでしょうか」と提案してくる事がある。次々に湧き起こる問題に知恵を出してくれるが、その規模がどうにもおかしい。

エレンからの示唆を得て気付けば一気に飛躍していく治療院の経営が、サウヴェルの説明で事足りるとは思えなかった。

ロヴェルが同席しなければ、自然とエレンも同席できないだろう。いや、王族が同席するのだからエレンは確実にロヴェルが除外する。そうなれば頼りの綱はロヴェルだけとなる。

そのロヴェルがダメだと予想できれば残るは治療師達しかいない。だが、彼等《かれら》もまた人手が足りずにいつも大忙しだ。そんな中で視察に同席してもらうのも気が引けた。

しかし、背に腹は替えられないのだと自分に言い聞かせ、サウヴェルはヒュームに同席を頼んでみた。

「え？　この忙しい時にあいつが来るんですか？　迷惑極まりないですね」

やはり辛辣《しんらつ》な台詞を吐かれてしまった。そう返されるとは分かってはいたものの、サウヴェルはヒュームの態度に少し驚いた。

「殿下とは以前一緒に行動していただろう？　同い年だし、仲が良いとばかり思っていたが違うのか？」

思わずそう聞くと、ヒュームは心外だと言わんばかりの顔をしながら言った。

「あれは王の命令で仕方なく同席しただけです。殿下は呪われているので、僕のアシュトに近付いて欲しくないんですよ」

「ああ、そうだった。ヒュームも精霊魔法使いだったな」

治療院には精霊魔法使いが多数在籍している。ガディエルは呪われているので精霊が近付けないのだ。となれば、ほとんどの治療師は同席できない。なんて事だとサウヴェルは天を仰いだ。

「精霊達が怖がるので、治療院にあいつが来るのは避けて欲しいんですよね」

これはもう、視察どころではないじゃないかとサウヴェルは遠い目をした。

＊

エレンとロヴェルは、サウヴェルから相談があると言われたので、ヴァンクライフトの屋敷へと向かった。

しかし、二人がサウヴェルを一目見た瞬間、まだ話を聞いていないはずなのに嫌な予感が走った。

同席しているヴァンとカイまでもがサウヴェルの様子がおかしい事に気付いている。

何やらサウヴェルがバツが悪そうな顔をしているのだ。よからぬ事を隠しているのではと疑いの目を向けていると、案の定、王家が視察にやって来ると言い出した。

サウヴェルが気まずそうに事情を説明すると、すぐにロヴェルが拒否した。

「ああ――兄上ええ！」

助けて欲しいと叫ぶサウヴェルとロヴェルの攻防戦。その場の勢いで直接断りをラヴィスエルに伝えに転移したロヴェルだったが、すぐに返り討ちにあって帰ってきた。

戻って来るなり、図星を突かれてエレンの掌《てのひら》で転がされるロヴェルを見たサウヴェルが、「エレン、もっと兄上に言ってくれ！」などと叫んでいる。

いつものやり取りを微笑《ほほえ》ましく見ているローレン、カイ、ヴァンだったが、次に発せられたエレンの言葉に皆がぎょっと目を見開いた。

「同席します。とーさま」

「ダメに決まっているだろう！」

慌てるロヴェルにエレンは冷静に返した。

「ちゃんと殿下と距離は取ります。視察の説明はもちろんですが、ちょっとお聞きしたい事があるんです」

「聞きたいこと？　殿下にかい？」

サウヴェルが心配そうにしながらもエレンに問うた。

「はい。王都の治療院に関しては、殿下が担当されているとお聞きしました」

「そうだが、一体何を聞くんだい？」

「………………」

急に黙ってしまったエレンは、説明しても良いものかと考えていた。

「エレン、とーさまに言ってごらん。俺《おれ》が聞いといてあげるから」

「……とーさまに言ったら、私が同席できないと思うんですが」

「当たり前だよ。エレンを同席なんかさせたくないもの。というか、殿下の目にエレンを入れたくない」

「全くもって同意します」

突如カイまでそんな事を言った。ヴァンは無表情だが、ちらりとエレンを見て、『大丈夫でございますか？』と念話で気遣ってきた。

周囲の反対に、エレンは少なからず反抗心がわき上がる。

エレンは周囲の反対する意味が分からない訳ではない。むしろ心配をされているのだという事も重々分かっている。だからエレンの反抗的な態度は一瞬だけで、次第に悲しそうな表情を滲《にじ》ませていった。

エレンがしゅんとして俯《うつむ》きがちになっていくのを見たロヴェル達が『うっ……』と唸《うな》った。

「あ――エレン、殿下に聞きたい事というのは、治療院に関する事か？」

サウヴェルが聞き出そうと試みる。これにエレンは「はい」と答えた。

「兄上、治療院の事ならば、エレンが直接聞いた方が良いのではありませんか？」

「おい、サウヴェル。まさかお前、エレンを同席させるつもりか？」

ロヴェルがどす黒い怒りを滲ませながらサウヴェルを威圧する。

実の弟に殺気をぶつけてくる兄の態度に、サウヴェルはしくしくと痛む胃を気にしながらも反論した。

思い付きやわがままという理由だけで、エレンの意見をはね除《の》ける訳にはいかない。エレンはこれまで、様々な知恵と策を出して領地を助けている。

「そうは言っても、エレンの発案は我々の想像を遥かに超えます。殿下に聞きたい事があるということは、王家が絡むということではありませんか?」

サウヴェルの援護にエレンの表情がぱあっと華やいだ。その様子を見たロヴェルとカイが面白くなさそうな顔をする。

「同席するもしないも、ちゃんとエレンから話を聞いた方が良いと思います」

「おじさま!」

エレンの嬉《うれ》しそうな声を聞いて、ロヴェルは唸った。

「エレン様、王家が絡む規模というのはどれほどなのでしょうか?」

ローレンも心配しているのか、さり気なくエレンから聞き出そうとする。

「相乗効果が出れば事業三つ分くらい……?」

首をこてんと傾けながら何気なく言うエレンに、サウヴェル達はぎょっとした。

「三つ分!?」

エレンが作った薬だけでも凄《すご》い経済効果を生んでいる。さらに「ビートを植えませんか?」という提案に乗って植えてみた砂糖の原料は、今やヴァンクライフト領では欠かせない作物にまでなっていた。

ビートの絞りかすは財政を圧迫していた馬の餌《えさ》へと変わり、それだけでどれだけのお金が浮いたのかエレンは知らないだろう。

「王家にクッションになってもらえないかなと思いまして」

「クッション⁉」

もう何を言っているのか分からないとロヴェルとサウヴェルは頭を抱え、ローレンにいたっては剛胆なエレンに「ほっほっほっ」と笑っている。

ロヴェルは以前、ラヴィスエルが「エレンが動くと国が動く」と笑いながら言っていたのを思い出した。たとえ話ではなく、エレンが行うものはそれほどに大きくなってしまうからだった。

そのため、事業三つ分という規模がどれほどまでに大きくなるか誰も予想ができなかった。

「治療院で扱う薬の材料で大量に欲しい物があるんです。それを王家に仲介してもらいたくて」

「なぜ王家に？」

サウヴェルの質問に、エレンは理由を話した。

「陛下はヴァンクライフトの事業に一枚嚙《か》みたがっているので、他と取引したとなれば黙っていないと思います。後々絡まれるよりかは良いかと思いました。それと、他の貴族や商人達の余計な介入を防げるでしょう」

エレンが新たな事業に乗り出したと聞けば、興味津々になるラヴィスエルを思い描いたのか、ロヴェルは「想像してしまった……」と、遠い目をしていた。

「貴族、または商人と直接取引をするとなれば、以前のベルンドゥールのような者がいないとも限りません。それに薬の材料ということで足下を見られる恐れもあります。治療院に関わる物は、王家に仲介を頼んだ方がまだ信用できます」

王家すらエレンに「まだ」と言われてしまう事にサウヴェルは苦笑した。先の学院でのやり取りで、王家は少なからざる信用をエレンから得たのだと分かる。

ロヴェルは面白くなさそうな顔をしていたが反論しない所を見ると、エレンと同じ意見なのだろう。

「確かにベルンドゥールのような奴が手ぐすね引いているだろうな」

周囲の貴族達から、共同事業の誘いをひっきりなしに受けているのはサウヴェル自身だ。その手紙の山を思い出したのか、溜息《ためいき》交じりに苦々しく言った。

サウヴェルの隣にいたローレンも、うんうんと頷《うなず》いている。

「治療に使う材料なので、利益目当てで高騰するのは大変困るんです。そこで事前に王家に釘《くぎ》を刺してもらえば、災害などの特殊な場合を除き、価格はそこまで大きく変動しないと思います」

「それも含めてクッションか」

「上手くいくかは分かりませんが、その材料が手に入れば色々な物が作れます。その過程で患者さんの自立を促しつつ、治療院の収入源を新たに確保出来るのではと考えたんです。王家が介入してくるのであれば、この薬の売り上げは低いかもしれませんが王家に入ってもらう価値はあると思いました」

「薬の材料から患者の自立？　エレンは一体何をしようとしているんだい？」

エレンの説明が急に飛躍した事にロヴェル達の思考はすでに追いついていない。だが、エレンの中にはその計画があるのだろう。

「兄上、俺はエレンを同席させるべきだと思います。元より殿下が来られるなら精霊治療師達も避難させねばなりません。彼等と同様に、エレンも一定の距離以上は殿下に近付けさせないようにすればどうでしょう？」

「とーさまは結界が使えるので、精霊魔法使い達に結界を施しておけば大丈夫だと思います」

「ああ、じゃあエレンもそうすれば同席できるのでは？」

「そうですよね、おじさま！」

エレンがキラキラとした目でサウヴェルを見てから、ロヴェルの方を向いた。エレンの期待に満ちた顔を見て、ダメだと言えなくなってしまったのか、ロヴェルが唸り声を上げている。

「ぐううう……」

渋面のロヴェルを見てやっぱりダメだと思ったのか、エレンはまたしゅんとした。今度は縋《すが》るような眼差《まなざ》しをロヴェルに向けている。

涙に濡《ぬ》れ、宝石のようなエレンの瞳《ひとみ》の特徴と相まって、周囲までキラキラと輝いて見えたような錯覚を起こす。

エレンの上目遣いに対抗出来る者がいるだろうか？　サウヴェルやローレンまでもがまぶしそうに目を細めて打ちのめされている。この威力は予想以上に凄《すさ》まじい。

それを真正面から見たロヴェルもやはりズギューンと胸を打たれたらしく、片手で胸元を摑《つか》みながら仰《の》け反っていた。

「俺のお姫様はどこでそんな仕草を覚えて来たんだい⁉」

親ばかが発動してしまったロヴェルは、可愛《かわい》い可愛いと言いながらエレンに擦り寄るが、エレンは両手でロヴェルの顔を突っぱねていた。

その様子は、まるで猫を無理矢理可愛がろうとして全力で嫌がられている図だった。

周囲には微笑ましい光景として映ってはいるが、こうなったロヴェルは可愛がり方がしつこいためか、エレンはいつも嫌そうな顔をしている。

「かーさまがとーさまにやってました！」

えっへんと胸を張りながら言うエレンは、明らかにロヴェルがこの仕草に弱いだろうと計算してやっているのが分かった。サウヴェル達が思わず噴き出す。

「なんて事だ。こんな可愛い仕草を教えたのはオーリか。このままじゃエレンが小悪魔になってしまう！」

「こんな真似はとーさま以外にはしないから大丈夫です」

「じゃあエレンは俺の前だけ小悪魔なのか。それは嬉しいけど、どうしてこうも複雑な気分になるんだろう？」

「それをやられたら兄上がエレンに勝てないからですかね……」

呆《あき》れた目をしながらサウヴェルがそう答えた。それを聞いたロヴェルが「なるほど！」と納得してエレンを可愛がっていた。

「ぎゅむむむ〜〜」

エレンの顔は渋面になっていたが、ここで拒絶したら同席できないと思ったのか我慢している。

その様子にいじらしさを感じたのか、ローレンもデレッとして「じいじもエレン様にそのようにやられましたら勝てませんなぁ」などと言っていた。

「ローレンにやったらダメだよ。エレンの小悪魔は俺にだけ。エレンは可愛いな〜〜！」

「むぅう。なぜか私も複雑な気分になってきました」

エレンの顔には「こんな筈《はず》では」とありありと書かれている。確かにロヴェルには効果てきめんだったが、単に喜ばせただけだと気付いたようだ。

「ではエレンも同席させるという事で？」

サウヴェルの言葉に、ロヴェルは「仕方ないだろう」と諦《あきら》め交じりに言った。

「治療師に結界を施しているのにエレンに施さないなんて不公平だろう。だけどエレン、絶対に殿下に必要以上に近付いたらダメだよ」

誰《だれ》もが呪われた存在にエレンを近付けたいとは思わない。エレンもその事は重々承知していた。

「はい。わがままを言ってごめんなさい」

同席できると決まってエレンはホッとした。丁寧に頭を下げるエレンに、サウヴェルは首を横に振りながら「気にするな」と言った。

「俺《おれ》からすればエレンのお願いはわがままではない。現に領地が助かっているのは事実なんだ。俺達が王家とやり取りをしたところで、足下を見られて損をする事になりそうだからな」

むしろ同席をお願いするくらいだよと言ってくれるサウヴェルに、エレンは感激していた。

エレンの行動の意味を理解し、きちんと意図を汲《く》んでくれる人達に感謝の気持ちが込み上げる。

「ありがとうございます！」

そんな気持ちが前面に出ていたのか、ぱあぁ！　とまるで光り輝くように、満面の笑みと喜びを放出するエレンにロヴェルは苦笑していた。

「ヒュームの時のようにエレンの願いだと言えば、陛下達はすぐに動いてくれるだろうけれど、必ず見返りを求められるからな……はぁ」

以前のやり取りを思い出したのか、ロヴェルが溜息を吐《つ》いた。前もってエレンに言われていたから対処が出来たものの、この段階でエレンを挟まずに話を振れば、ラヴィスエルが出てきて勝手に色々と決められてしまうだろう。

ロヴェルはエレンをぎゅうぎゅうと抱きしめて離さない。ロヴェルがエレンを思って葛藤《かっとう》しているのがありありと分かった。

エレンの頭にぐりぐりと己の頭を擦《こす》りつけているが、ロヴェルの落ち込んでいる様子を見て周囲はそっとしておいた。

エレンもわがままが最初から通るとは思っていなかった。しかし、大丈夫だと思える存在が側《そば》にいるからお願いしてみたのだ。

「……そもそも、とーさまがいなければ同席なんてお願いしません」

「ん？」

エレンの言葉の意味を測りかね、首を捻《ひね》ったロヴェルが上半身を少しだけエレンから離してまじまじとエレンを見た。

「とーさまが側にいるから大丈夫だと思いました」

ロヴェルを見て、エレンはにこっと笑った。

安心して身を寄せ、信頼しているとエレンの笑顔が伝えてくる。

「〜〜〜っ！」

ロヴェルの頬《ほお》がほんのりと赤くなり、たまらないとばかりにエレンを抱きしめた。

「ぎゅむ〜〜〜！」

「ぐあああああ！　可愛い可愛い俺の娘が可愛すぎる〜〜‼」

「とーさま、苦しいです！」

「ああ〜ごめんよ〜〜」

腕を突っ張って離れようとするエレンに、ロヴェルの表情は蕩《とろ》けていた。

この場は丸く収まったようだと見守っていた周囲もホッとする。サウヴェルが「エレンは兄上の扱いが本当に上手い」と苦笑していると、エレンは否定した。

「私よりもかーさまの方が得意ですよ！」

「ああ、うん。小悪魔だっけ……？　義姉上《あね》には誰も勝てないと思うよ」

世界の女王のお願いが通じない相手はいないだろうとサウヴェルが笑うと、ロヴェルが真面目な顔をして言った。

「そんな事はないぞ。オーリの小悪魔はエレンには通じない」

オリジンの小悪魔がエレンに使われるのは、主にヴァンクライフト家のお菓子土産がエレンの手にある時が多い。

オリジンが目をキラキラさせておねだりするが、エレンからは『かーさま、お帰りの挨拶《あいさつ》が先です！』と、よく窘《たしな》められている。

そんな話をしていたら精霊の女王であるオリジンの『いや～ん』が聞こえてきそうだと思っていたら、ふと部屋の上空が光った。

「いや～ん！　酷《ひど》いわ～～！」

「かーさま!?」

「オーリ、どうしたんだい？」

想像通りのタイミングで『いや～ん』が聞こえてきたと思ったら本人だった。

驚く周囲を余所《よそ》に、空中にぷかぷか浮いているオリジンを見て、エレンとロヴェルが慌てていた。

喚《よ》んでもいないのに出てくる時は、大抵急用か不満がある時だったからだ。

「もう、酷いわ！　わたくし小悪魔なんかではなくてよ！」

どうやら不満の方だったらしい。小悪魔だと話題にされて我慢できなかったようだ。ぷりぷりと頬を膨らませながら抗議していた。

「違うよオーリ、小悪魔っていうのはね」

そう言いながらロヴェルは手慣れた手付きでオリジンの腰をするりと抱き寄せ、片手でオリジンの頬を撫《な》でながら言った。

「可愛いって事さ」

「……本当かしら？」

オリジンはしょげた眉《まゆ》に上目遣い。首をこてんと傾けて縋るようにロヴェルを見つめている。両親の周囲は桃色に染まっていた。

部屋中に充満する甘い空気にエレンはいつもの事ながら砂を吐きそうになった。

「も～～、かーさまはそんな事で出てきたんですか？」

「エレンちゃん、酷いわ。わたくしそんな仕草教えていなくってよ」

「子は親を見て、学び育つものなのです！　……こ、こう」

そう言いつつ、エレンはわざとらしく先程のオリジンの首の傾け方を真似しだした。

エレンの首が微調整を重ねて、カクカクッと動く。

「ぶふっ」

それを見たサウヴェルとローレンが肩を震わせて噴き出す。よく見ればカイまで顔を逸《そ》らして肩を揺らしていた。

エレンが真似をしたのに怒るかと思いきや、オリジンは斜め上の反応をした。

「ダメよエレンちゃん！　やるならこう！　こうよ！」

なんとエレンにダメ出しをしている。女神曰《いわ》く、より自然に見せるための角度というものがあるらしい。

「えっ、かーさまわざとやってたんですか。さすがにどん引きです」

「いや〜〜んバレたわ！　でもロヴェルの前だけよ！」

「認めましたね！　とーさま、かーさまは演技派でした！」

「それを言うならエレンだって演技派じゃないか」

「しまった！」

墓穴を掘ってしまったエレンが動揺する。またもや背後から「ぶほっ」と噴き出す声がした。

「そ、それよりもかーさま、小悪魔抗議だけをしに来たんですか？」

図星を突かれたエレンが、苦し紛れに話題を変えようとした。

「そうよ？」

きょとんとしたオリジンに、エレンは少し不安になったようだ。

「王族との同席を止めるでもなく……？」

「あら、気にしなくて大丈夫よぉ～。エレンちゃんの好きにしていいのよ。社会勉強よ！」

にっこりと笑うオリジンに面食らったのか、エレンはきょとんとしていた。

（軽い……）

そういえば、過去幾度もそんなやりとりをしていた事を思い出す。

急に現れたオリジンに、まとまりかけていた視察の同席を反対されるのではと慌てたが、杞憂《きゆう》に終わりホッとした。

オリジンはちゃんとエレンの事を分かっていたのだ。

「でも、エレンちゃんはいつも無理をしちゃうから皆が心配しちゃうの。分かっているでしょう？」

「……はい。気をつけます」

「エレンちゃんは困っている人を見たら周りが見えなくなっちゃうから、あなたが側にいて気をつけてあげてちょうだい。わたくしはロヴェルがエレンちゃんの側にいるなら何も言わないわ」

「ああ、分かっているよ」

オリジンの言葉に、ロヴェルが同意する。

幾度もエレンが無理をして倒れたのは、目の前に困っている人がいたからだった。

元々、ロヴェルとエレンは人間界で力を馴染《なじ》ませるために精霊界との間を行き来していた。

途中で立ち寄った町でアルベルトと出くわしてしまい、ロヴェルの実家の事情を知ったのだ。そういえば力を馴染ませる旅は、そのまま流れてしまっていた。

アギエルを追い出し、ラフィリアの誘拐を阻止し、学院でヒュームとアークを助けた。

あっという間だったとエレンは何だか懐かしくなる。

しかし、だからこそ力が制御できずに倒れてしまったのかもしれないという事に気付いた。

（力の使い方をちゃんと覚える前に、無茶しちゃったんだ……）

ロヴェルとエレンは精霊の中でも特殊な立ち位置にいる。以前、オリジンが打ち明けてくれた。

ロヴェルは精霊の素体に人の魂を入れたのだと。

エレンの魂もオリジンが選んだ人の魂だ。身体《からだ》と魂の質が違うために、力を精霊界と人間界で馴染ませる必要があったのだと今だから気付けた。

だからこそ、オリジンはロヴェルとエレンを一緒に人間界に送り出している。

こうしてエレンが人間界に関わろうとする度に、オリジンは反対するどころか応援してくれていたのだ。

オリジンが反対したのは、過去に一度だけだった。

（王家に肩入れするのを止めなさいと言われたから、反対されると思ってた……）

ガディエルと話すと約束したのに守れていない。このままではいけない、前を向いて変わろうと決めたが、そこでオリジン自身も王家に対して少しだけ変わっていたのかもしれない。

いちゃいちゃしている両親を見て苦笑しているサウヴェル達。そこに流れる穏やかな空気はいつもと変わらない日常にも思えたが、確実に皆が前に進んで変わり続けているのだ。

第三十二話　視察

ヴァンクライフト領にガディエルが視察に来る当日、周囲は緊張に包まれていた。

人通りの多い道や通行人の規制など、いつもと違う騎士の様子に人々は何があるのかとお互いの顔を見合わせる。

主に軍用の道だけが規制されているとはいえ、漂う緊張感はすぐに伝染していった。

「騎士様達がいっぱいいるが、何かあるのかい？」

「お偉いさんが来るらしいよ。治療院の先生達が慌ててたそうだ」

露店の主人と客がそんな会話をしている。

フェルフェドへ情報集めに行っていたトルークは、ガディエルへの報告後すぐにヴァンクライフト領へと入った。

テンバールの真横にあり距離も近いとはいえ、ガディエルの脅威となるものが無いかトルーク自身が確認するためだ。

一般用の道は使わないとはいえ、だからこそ狙われやすい。死角となる場所を念入りに調査し、綺麗《きれい》に舗装されている道を見て、心の中で賞賛を送った。

（ロヴェル様とエレン様が領地の手伝いを始めてから、あっという間だな）

領地の経済状況が顕著に分かるのは道の舗装だろう。フェルフェドは山沿いに面しているのもあって、道が舗装されていない場所がほとんどで、移動するのに苦労したばかりだ。

「店主、すまないが俺にもそのパンに鳥肉を挟んだものを一つ」

「お、まいど！　タレはどうするね？」

トルークが首を傾《かし》げていると、隣にいた客が「グレイビーと塩ダレと甘ダレがあるんだよ」と教えてくれた。

「グレイビーと塩ダレは辛めだがおすすめは甘ダレさ。これの作り方はなんとエレン様が教えてくれたんだ！」

「エレン様？」

「英雄ロヴェル様のご息女さ。素晴らしく可愛《かわい》い御方でこの店をご贔屓《ひいき》にしてくれててね。ここ一帯はこの甘ダレが流行《はや》っているから他《ほか》でも食えるがどうする？」

「じゃあそれをくれ」

「まいど！　兄さん驚くぞ！」

にこにこ顔の親父が差し出したのは、薄くて丸いパンを半分に切って中を空洞にし、そこにサラダとタレを絡めた肉を挟むという見たことのないものだった。

「このレシピもエレン様が教えてくれたのさ。凄《すご》いだろう！」

代金を渡したトルークは、パンを受け取ると勢いよく齧《かじ》り付く。甘いタレと肉汁が絡んでとても食べやすく、そして何より目を見張るほどに美味《うま》かった。

　無言でバクバクと食べ進めるトルークを見て、店の親父も隣にいた客も笑った。

「美味い」

「そうだろう！　領主様達が新たに育てなさったビートの甘みで味付けしてあるのさ。皆が夢中さ！」

　薄いパンの中に具材を入れるという発想にトルークは感心させられた。

　パンに具材を挟む料理など、サンドイッチくらいしか知らないトルークも、こんな方法があったのかと驚かずにはいられない。

　しかも、これを教えてくれたのがエレンだという事実にも驚く。その知恵を惜しみなく領地の民にもたらしているのだ。

（あの方は本当に宝そのものなのだな）

　そんな風に内心で思いながら食べ進めていくと、あっという間に食べ終えてしまった。

　トルークはすぐに無くなってしまった己の手元を見て、そして親父と目が合った。

「……もう一つくれ」

「まいど！」

　親父と客に笑われながら、二個目を注文した。

「ところで兄さんは見かけない顔だが新しく配属された騎士様なのかい？」

「……違うがなぜだ？」

「ああ、すまんな。食べっぷりはいいが仕草が綺麗だからてっきりどこかのおぼっちゃんかと思ったんだ」

「まさか！　おぼっちゃんは露店のパンに齧り付かないだろ。俺は仕入れに来た行商のお供さ。今は休憩中なんだ」

横にいた他の客が、騎士だったら忙しすぎて今ここにいないだろうと笑っていた。店主もそれに気付き、そういやそうだな！　と笑う。

トルークは内心ひやりとしていたが、どうやら以前、ここでサウヴェルやロヴェルがパンを買ってくれた事があるらしい。

貴族様は一つの動作がやはり綺麗で、トルークも何となくそう見えたのだそうだ。

「じゃあ同業者かい？　確かにここは良い物が買えるからねぇ」

「ああ。作物の質が良い。やっぱり買い付けは飯が美味い所が一番だな」

「お、兄さん分かってるな！」

とんとん拍子に進む親父の話にトルークが合わせつつ、先程の噂話《うわさばなし》に話を向けてみた。

「ところでなんだが物々しいな。何かあるのか？」

「ああ、お偉いさんが来るとかいう噂さ。ここには貴族様達が使う別の道があるんだが、そっちの道は騎士様達が列を成して道を固めててすごい事になってる。ああいう時は大抵お偉いさんが来るのさ。治療院の先生方が慌てていたから、治療院に用があるのかもしれないな」

「そうなのか」

ほい、二個目だと、親父にパンを渡されてトルークは代金を払った。

トルークがパンに齧り付いている間、親父と隣の客が噂話の続きをしている。隣の客はこの店の常連のようだった。

「ここにお偉いさんが来る時はろくな事が起きない。今回は何事もなければいいが……」

「ああ。前はお嬢様が誘拐されたからな……本当に王家はろくな事をしない」

ヴァンクライフト家と王家の確執はアギエルの頃から纏《まと》わり付いていた。疫病神を追い払っても王家は次から次に領主様を苦しめると隣から聞こえてくる。

耳が痛い話だなと思いつつもトルークは先程とは変わってゆっくりと食べていた。

咀嚼《そしやく》しているとその音が邪魔して会話が耳に入らないのだ。二個目は味わって食べているのだろうと勘違いしている親父と客は、会話に入ってこないトルークを気にせず話を続けた。

「治療院ということは、お偉いさんが病気でも治療に来るって事かい？」

「それはないだろう。ここの治療院は貴族様だろうと容赦しないからな。聞いたか？　順番待ちをしていたら骨を折った騎士様が運ばれて来てよ、先に回されたんだ」

「そりゃあ仕方ない。下手をすれば切断だからな」

「そしたら待ってた奴が俺が先だと怒ってな。まあ、気持ちは分かるんだがそいつ、薬欲しさの仮病だったらしいんだ」

「なんて奴だ！」

「こっからが凄いのさ！　わめき散らしていたそいつが、急にふわっと宙を飛んだんだ！」

客の言葉に親父とトルークがピタリと動きを止める。そんな事が出来る者などこの世では精霊しかいなかった。

「その場にいた全員が不思議な声を聞いたらしい。仮病、と。次の瞬間、外へポーンと放り出されたのさ！」

「お、おう……精霊様がいらっしゃるのか」

驚き過ぎて震える声で返事をする親父。咀嚼が止まっていたトルークは食べるのを再開した。

そういえばエレンもロヴェルも宙を飛ぶことが出来ると思い出したトルークは、確かに馴染みが無い者がそんな場面を見たら卒倒するだろうと思った。

さらに精霊の姿が見えないとなれば阿鼻叫喚《あびきようかん》となりそうだが、ここは英雄ロヴェルのいる領地である。さらに精霊姫と名高いエレンまでいる。

精霊魔法使いが沢山いる治療院でそんな事が起きれば、精霊の仕業だと誰もが思うだろう。

この地では女神信仰が盛んだが、精霊の恩恵というものを何より重視している。そんな所で精霊から放り出されるなど、不興を買ったともいえる行動を取れば、末代まで精霊と契約できないと思ってしまうかもしれない。

真偽はどうあれ、そういう噂を流せば馬鹿な真似をする者がいなくなるというのを狙っての事なのかは分からないが、このヴァンクライフトであればこの話の信憑性《しんぴょうせい》は高いだろう。

パンを胃袋に収め終わったトルークは、ふと不安に駆られた。

（治療院に精霊が関わっているとは……いや、それよりも殿下は放り出されないだろうか？）

一抹の不安を抱えながら、トルークはまた親父に「もう一つくれ」と言った。

＊

それからしばらくして、豪奢《ごうしゃ》な馬車が沢山の騎士に囲まれてヴァンクライフトへと向かっていた。

この道の先にあるのは、ヴァンクライフトが管理している騎士塔だ。

ガディエルとラーベが乗った馬車のすぐ横に、青毛の馬に乗ったフォーゲルとトルークの他に、その周囲をさらに白馬に乗った近衛《このえ》達が固めている。

馬車の小窓からは、道の左右に等間隔に立つ騎士達の姿しか見えない。軍事用の通路を使っているので民がいないのは当然だったが、ガディエルの中にあったヴァンクライフト領は、人々で賑《にぎ》わっているイメージが強かった。

窓から見えるのは騎士達の姿のみ。気になる街並みは遥か遠い。面白みなどあるはずもなく、早々に小窓から視線を逸《そ》らした。

「ヴァンクライフト領の道路は、王都よりも整っている気がするな」

「はい。馬の負担を減らすために、エレン様がここ一帯を精霊を使って舗装されたそうです」

「……なんと」

馬車の向かいに座っているラーベが答えを知っていた。ガディエルは目を見開いて驚いた。

もう一度小窓から外を覗《のぞ》いたが、道の脇に立つ騎士達が邪魔で道はよく見えない。外に出てから確認した方が良いだろう。

「我々が以前来た時よりも、遥かに舗装されております。テンバール国内では最高峰でしょう」

「なるほど……山のように嘆願書が届くわけだ」

緊張しているのか、少し苦笑しながらもガディエルの表情は硬い。

そう、何よりも視察の打診をした手紙の返事に、エレンとロヴェルが同席すると書かれていて、ガディエルは持っていた書類を落とすほどに驚いたのだ。

＊

ヴァンクライフト領の騎士塔の真横には、司令室と貴賓室が備わっている。ガディエルの馬車はそちらに付けられた。

一列に整列している騎士達は、馬車が通り過ぎると綺麗に一礼する。訓練されたその様子は、サウヴェルの指揮力の高さを意味する。

馬車が横付けされ、正装したサウヴェルが出迎えた。

「ガディエル殿下、ようこそ我が領へ」

「世話になる」

頭を下げるサウヴェルを見つつ、ガディエルはこっそりと目線を彷徨《さまよ》わせていた。その様子を見て、サウヴェルが苦笑した。

「姪《めい》は中におりますよ」

「うっ、む、そ、そうか」

「殿下……」

サウヴェルに見透かされてしまい、ガディエルの耳と頬《ほお》がほんのりと赤くなる。こっそりと交わされるやり取りに、横にいたラーベが呆《あき》れていた。

「さあ、こちらです」

サウヴェルに促されて向かった先は、司令室だった。

司令室に入るとロヴェルと学院の正装服を着たカイがいた。ガディエルを見て一礼するロヴェルとカイに、ガディエルは「今日は宜《よろ》しく頼む」と伝える。

「恐れながら殿下、娘を呼びますが一定の距離を取って頂けますようお願いいたします」

「分かっている」

「エレン、おいで」

宙に手をかざしたロヴェルの声に応《こた》えるように、空中に魔法陣が現れて光る。その中央からふわりと降りてきたエレンとヴァンにガディエルは目を見開いた。エレンが数年前に見たままの姿だったからだ。

「お久しぶりです。殿下」

「あ、ああ。……変わらないな、エレン」

そう言われてエレンの方は内心ガディエルの変貌《へんぼう》にもの凄《すご》く驚いていた。エレンがガディエルに会うのは、ラフィリアが誘拐された時以来だったからだ。

あれからガディエルはぐんと身長が伸び、少年という顔付きから甘さが抜け、青年になっていた。身長もすでにロヴェルを抜いているようだ。とてもラヴィスエルに似ている。

「殿下は……陛下にそっくりですね。陛下が髪をお切りになられたのかと思いました」

「ああ、最近よく言われるよ」

くすりと笑うガディエルにエレンは何だか緊張していた。まさかこれほどまでに変貌しているなど思いもしなかったのだ。

考えてみればカイもラフィリアも最近は特に身長が伸び、時の流れが違うエレンはどんどん引き離されていると感じていた。

彼等《かれら》よりも年上のガディエルにはしばらく会わなかったのも相まって、もっとその差がついて見えて当然だった。

首が痛くなるほどに身長が伸びたガディエルを、エレンはまじまじと見ていた。すると、どんどんとガディエルの様子がおかしくなる。

ガディエルはエレンの目力に耐えきれず、すっと視線を逸らしながら言った。

「あの、エレン……その、そこまで見つめられると……さすがに恥ずかしい」

言い辛そうにしながらガディエルの顔は真っ赤になっている。それに困惑するエレンだったが、急にエレンの視界が真っ暗になった。

「あっ」

「エレンさん？　そんなに殿下を見つめなくていいんだよ」

後ろからロヴェルがエレンの視界を塞《ふさ》いでいた。

「むうう！」

エレンがロヴェルの手を引きはがそうとする。エレンとロヴェルの攻防戦が始まる。ロヴェルが自然にエレンとガディエルの距離を稼ごうとしているのが分かって、サウヴェル達は呆れた顔をしていた。

「兄上、エレン、その辺で」

「むっ」

「もー！　とーさま！」

ロヴェルを無理矢理引きはがすと、周囲がぽかんとしているのが分かってエレンは恥ずかしくなった。

「あー、その、エレンに必要以上に近付かないと約束しよう」

「ありがとうございます」

ガディエルの言葉にエレンがお礼を言うと、ガディエルはほんの少しだけ寂しそうな顔をしていた。

（う……）

その顔を見て、エレンの胸に罪悪感がちくんと刺さった。王家の血筋は呪われているとはいえ、ガディエル自身に罪はない。

「エレン、同席してくれて感謝する。聞きたいことが沢山あるんだ」

「……はい。私もお話ししたいです」

ガディエルの言葉から甘い空気が消えた。一変したその表情は、とてもラヴィスエルに似ていた。

この視察は王太子の教育の一環として行われている。ガディエルからはもう、子供の時の面影が消えていた。

司令室を後にして次に向かったのは騎士塔だった。塔内を案内しているのはサウヴェルで、エレンも興味津々に聞いている。

エレン自身、騎士塔の訓練場や厩《うまや》までは来たことがあるが、中に入るのは初めてだった。

サウヴェルを先頭に、ガディエル、ラーベと続いている中で、ロヴェルとエレンは最後尾にいる。

話し声が聞こえるほどの近さではないので、エレンも小声でロヴェルと会話していた。

「とーさま、騎士塔ってこんな風になってるんですね。塔というよりは普通のお屋敷みたい」

「騎士塔の塔の部分は、屋敷の左右に建てられている塔の事を指しているんだよ。あとは、学院で呼び慣れているからだろうな」

「塔の部分には何があるのですか？」

「あそこは貯蔵室だったり武器保管庫だったり色々だな。右の塔は連絡塔とも言って、最上階に鳩《はと》小屋があるんだ」

「伝書鳩ですか？」

「そうだよ。後で見に行くかもしれないね」

「へええ」

「エレンも一応間取りを覚えておくといいと思うよ。サウヴェルに用があった時困るでしょ？」

「水鏡で居場所を特定して転移するので別に問題ないですが……」

「そうだった」

騎士塔に来るのはロヴェルも久しぶりのようで、つい昔の感覚に陥っていたらしい。

それならエレンとロヴェルの後ろで護衛として付いてきているカイと獣化したままのヴァンこそ、ここの間取りを覚える必要があるだろう。

そう思って思わず背後を見ると、興味津々の様子で、左右に目を走らせるカイがいた。

「カイ君、興味津々だね」

「はっ、す、すみません」

カイが慌てる理由をロヴェルが説明した。

「カイはまだここには入れないからね」

「そうなんですか？」

「はい。我々見習いはここには入れないんです。ここは騎士の中でも上官専用の塔になりますから」

「じゃあ、おじさまがここを使っているんですね」

「サウヴェルは違うよ。ここは各部の隊長などが利用している。サウヴェルは家が近いから特別に直接通っているんだ」

「緊急時はどうするんですか？」

「サウヴェルのすぐ下に何人か伝達用の精霊魔法使いがいて、彼等から連絡が来ることになっている。最近だと緊急時は俺《おれ》の方に連絡が来て、転移でサウヴェルを送る事もあるな」

「転移は便利ですからね～」

ロヴェルとエレンがサウヴェルの手伝いをしているのは、基本的に週末のみである。ロヴェルは緊急時に時折手伝っているようだが、週末に限定されている理由はカイにあった。

学院の生徒であるカイは、週末毎にベルンドゥールからヴァンクライフトへと戻ってきている。

それは大変じゃないかとエレンは心配したが、学院の騎士学は少し特殊で、週末毎にヴァンクライフト領地の訓練場に寄宿して三日ほど練習するのだそうだ。

「どうしてそんな規則になってるんですか?」

「騎士は荷物を持って移動できるのが基本なんだ。馬に乗っての移動に慣れるためと、学院の精霊治療師達を休ませるためだよ。騎士科の生徒に付き合っていたら休む暇なんて無いからね。あと、こちらの方が訓練場が広い」

「なるほど~」

さらにカイのように学院生の内から護衛などの仕事を受け持っている生徒は、授業が免除されるらしい。

「カイ君の移動は転移ですか?」

「いいえ、俺も馬です。転移を使うのはエレン様の護衛がある時だけです」

「え……使わないんですか」

ヴァンと契約した今なら使いたい放題だろう。便利な力に頼らないカイに、素直に驚いた。

「転移は楽ですが、それに慣れてはいけないと思いまして。足腰を鍛える意味でも乗馬は騎士の基本ですから」

「俺はオーリと出会った時からばんばん使っていたけどな」

横やりを入れてくるロヴェルの話を聞いて、エレンはカイ君は真面目だなぁと思っていた。

馬と言えば、ヴァンクライフト領の厩の馬は数百頭はいるだろう。全《すべ》て軍馬だと思うと、とんでもない数だ。

さらに学院と行き来するための馬小屋も用意されているので、パッと見た印象では厩と思えない。

「馬ですか……」

「ふふふ、エレン。あとで厩も回るよ」

「うう……」

厩と聞いて苦い顔をするエレンにロヴェルが笑う。それを見て、カイがどうしたんですかと声をかけた。

「以前、うちの厩でエレンの髪が馬に食われてね」

「えっ、大丈夫だったんですか⁉」

「う、うん。大丈夫だよ！　驚いただけ……」

「この頭のつんつんを、もしゃもしゃやられたのさ」

エレンのアホ毛をつんつんと突《つつ》くロヴェルの手を、エレンのアホ毛がピシリと叩《たた》いた。

「⁉」

固まったロヴェルを無視して、エレンは苦い顔をしていた。どうにも馬に近付くのは躊躇《ためら》ってしまう。

『その馬、我が食ってやりましょうか』

ゴゴゴゴゴ……と地を這《は》うような低い声でヴァンが言う。それに慌てたエレンはやめてと慌てて制した。

そんな事を話している間に、この建物内の案内が終わったらしい。次は訓練場だと言われたので付いていく。

「……伝書鳩の所へは行きませんでしたね」

「階段もあるし、なにより狭いし臭いからだろう」

笑うロヴェルにエレンは残念がった。エレンは動物好きなので、ちょっとだけ見たかったのだ。

「そういえばヴァン君って生肉食べられるの？」

馬を食ってやると言っていたヴァンの発言に、エレンは疑問をぶつけてみる。

精霊は基本的にあまり食事をしない。人間界にいる精霊達は元が獣なので普通に食事をするが、精霊界は魔素が満ちているので、ほとんど食事をしなくても良いのだ。

人間界にいる時のヴァンは大食いだが、生まれてすぐ精霊界にいた時はあまり食事をしていなかったと記憶していた。

『焼いた方が好みですが、それよりも我はいっぱい食べて大きくなりたいのです！』

生は血生臭いのと、口の回りの毛が汚れるのが嫌らしい。毛を大事にしているヴァンらしかった。

ふんふんと鼻息を荒くしながら意気込みを語るヴァンを見て、横にいたカイが失笑した。

『小僧……』

「なんでもありません」

何か事情を知っているのか、牽制《けんせい》してくるヴァンを横目にカイが不敵な笑みを浮かべた。

二人のやり取りにエレンは首を傾《かし》げた。二人の様子はいつものいがみ合いとは違って何だかとても距離が近く見えたのだ。

実際にはヴァンの母親であるアウストルにチビだと言われて、単に身体《からだ》を大きくしたいだけのヴァンだったのだが、その事情を知っているカイに笑われているのだった。

「仲良しだね！」

事情を知らないエレンは、契約した事で二人が和解したのだと思っている。

「仲良くありません！」

ヴァンとカイのハモった返事があまりに息がぴったりで、エレンは笑っていた。


一行が訓練場に着くと、騎士や見習い生達が一緒に訓練している風景がそこにあった。

訓練場は指示しやすくするために一階分ほど低い位置にある。見学者が上から見渡せるようにしてあった。しかしやはり危ないので、ぐるりと周囲には柵《さく》が設けられていた。

エレンはここには馴染《なじ》みがある。ラフィリアの応援に過去何度か来たことがあるからだ。

正装姿のサウヴェルとガディエル、そして滅多にお目にかかれない近衛《このえ》騎士と英雄ロヴェルの姿を目にした騎士達が、ピシリと固まった音が聞こえた気がした。

「一同！」

サウヴェルの言葉で弾かれたように一列に並ぶ騎士達に、エレンは驚いた。

「殿下へ、礼！」

バッと衣擦れの音と共に一同が右腕を右下に伸ばし、次のテンポで右手を胸に当てた。そしてガディエルに向かって礼をし、顔を上げる。

騎士から見習いまで、寸分の狂い無いその一礼は完璧《かんぺき》に揃《そろ》っていた。

「訓練中にありがとう。続けてくれ」

「礼！」

ガディエルがにこやかに返事をすると、サウヴェルのかけ声でまた一同が礼をする。

一連の流れがとても綺麗《きれい》で、エレンは目をらんらんと輝かせた。

「隊列に乱れが無くて凄《すご》く綺麗ですね！」

「見習いを含めたこの数で、予行演習なしにこれができるのがうちの強みだよ。他《ほか》の国はなかなかできないそうだからね」

感動したエレンの言葉にロヴェルが教えてくれる。ロヴェルは懐かしそうに語っていた。

「訓練は男女混合なんですね」

「ああ、戦う相手に男も女もないからね」

「は、はあ……」

人間界の貴族社会は男尊女卑が多い中で、ヴァンクライフトは極めて平等のように見えるが、とてもシビアな所だと改めて思う。

女性が男性を相手に互角に戦うのは、どれだけ大変なのだろう。ラフィリアは自ら志願して、ここでいつも練習しているのだと思うと、エレンは心配で仕方がなかった。

(怪我《けが》してないかな? 大丈夫かな……?)

そんなエレンの心の憂いを察したかのように、訓練場の端から歓声が上がった。どうやら端の方で、とても大がかりな模擬戦をしているらしい。

見ると小柄な女性一人に対して、大柄な男女の騎士達数人が相手をしている。

小柄な女性は自分の身長の何倍もある槍《やり》を自由に操り、軽々と相手を伸《の》していく。その女性が見知った人物に見えて、エレンは思わず目を奪われた。

「あっ」

エレンが思わず声を上げるとサウヴェル達も気付いたらしく、ガディエルも驚いていた。

「ああ、うちの娘ですね」

そう言って苦笑しているのはサウヴェルだ。それにガディエルとエレンの声が「えっ？」とハモった。

「噂《うわさ》には聞いてはおりましたが、ラフィリア嬢はここまで……？」

ガディエルが目を瞠《みは》る。自分よりも年下の女の子が次々と大人の男を伸していく様が信じられない様子だった。

「はい。血の為せる業なのか、娘にはとても向いていたようです。あまり危ないことはして欲しくなかったのですが……今では娘の相手の方が心配ですね」

少し遠い目をするサウヴェルだったが、まんざらではなさそうである。

騎士という職業を通じて、気持ちが離れていたサウヴェルとラフィリアは、一から親子関係を築き直していた。

最近では手合わせすらできるようになったというから驚きだ。

「た、確かに昔と比べて生き生きとしていますね」

かなり引いた感想を述べるガディエルに、ロヴェルが横からしれっと言った。

「嫁のもらい手がないとサウヴェルが嘆いているので殿下どうですか？」

「無理だ」

社交辞令もなく、即返事を寄越したガディエルにロヴェルはチッと舌打ちをしたが、横にいたサウヴェル周辺の温度が急激に冷えていく。

ラフィリアの婿など許さんと思う反面、即答で断られるのも癪《しゃく》に障《さわ》ったのだろう。

サウヴェルはニヤリと笑っているが、目には殺気が宿っていた。静寂の悪魔の降臨だ。

「ダメ、おじさま‼」

慌てたエレンがサウヴェルを背後から止める。

サウヴェルのもう一つの顔を見たガディエルと護衛達に戦慄《せんりつ》が走る。収拾のつかない事態に終止符を打ったのはラフィリアの声だった。

「あれ、エレン？」

「あ、ラフィリア――！」

どうやら模擬戦が終わって王太子一行に気付いたらしい。エレンが柵に駆け寄って上から手を振ると、ラフィリアはこちらを見て一礼した。苦笑したガディエルは返事をするように頷《うなず》いていた。

エレンがロヴェルの方を見て、行ってもいいかとキラキラした目でお伺いを立てると、すぐにガディエルに許可を取って「早く戻ってくるんだよ」と許してくれた。

エレンは転移してラフィリアの前に降りると、そのままの勢いでラフィリアに抱きついた。

「ラフィリアかっこ良かった――！」

「エレンも来てたなんて！　もう、言ってよ。恥ずかしいじゃん」

「ラフィリアの訓練も見られるって聞いてたから、ビックリさせたかったの。ごめんね」

ふふふ、と笑い合う従姉妹《いとこ》同士の会話に、サウヴェルの機嫌も直ってきたようだ。

「兄上、冗談でもラフィリアを引き合いに出すのは止《や》めて頂きたい」

「良いじゃないか。それくらい」

「殿下、エレンとの……」

「俺《おれ》が悪かった！」

サウヴェルの返しに、ロヴェルが素早く反応した。

「その言葉の続きを聞かなくても、私は喜んで返事をするだろう」

ガディエルが流れに乗ってくる。

「止めろ!! ダメ!! 絶ッ対!! とーさまは許しません！」

ロヴェルの悲鳴が聞こえて、エレンとラフィリアがぎょっとする。

「視察って聞いてたけど、なんだか賑《にぎ》やかね……？」

「そ、そうだね？」

「そういえば視察が終わったら家に寄るの？」

「うん。ご飯はみんなで食べようって言ってたからとーさまと行くよ」

「そっか。じゃあまた後でね！」

「うん！」

訓練頑張ってね！　とエレンはラフィリアにエールを送る。ラフィリアもエレン達に手を振る。

転移してロヴェル達の元へと戻ったが、いまだに言い合いをしていた。

護衛や近衛達がロヴェル達の言い合いにかなり引いているように見える。

エレンにとってロヴェル達の和気藹々《わきあいあい》としたその光景は見慣れたものであるが、それにガディエルも加わって笑っているとは思わなかった。

「お帰り、エレン」

「勝手をしてごめんなさい」

「いや、こちらも無駄話をしていたから問題ない。エレンはラフィリアと仲が良いのか？」

ガディエルの質問にエレンはきょとんとしたが、そういえばラフィリアが誘拐されて泣かされた現場を見られていたと思い出す。

「仲直りしたんです！」

エレンが嬉《うれ》しそうに言うと、ガディエルも優しそうな顔で「そうか」と微笑《ほほえ》んだ。

「では次は厩《うまや》へと行きましょう。我が領の馬達は素晴らしいですよ」

サウヴェルの言葉に、エレンの肩が跳ねた。少し青ざめているエレンを見て、ロヴェルが大丈夫だよとエレンの頭を撫《な》でた。

厩の近くに行くと、エレンの様子がおかしい事に気付いたガディエルが、エレンを気遣うそぶりを見せた。

「ああ、姪《めい》は少し馬が苦手になりまして」

「エレンが？」

「動物達に好かれるのか、先日髪の毛を食べられてベトベトにされてしまったんです」

笑うサウヴェルに釣られて、護衛と近衛の数人がエレンの方をちらりと見た。

急に視線を浴びたエレンは驚いたらしく、ぴゃっと声を上げてロヴェルの後ろに隠れてしまった。

人見知りの小さい子供が親の背後に隠れる様は微笑ましく映ったようで、エレンを見守る者達の目が温かい。

テンバール王家とヴァンクライフト家は、アギエルの所行のせいで仲が良くないと噂されている。なので、この視察に関してはピリピリとしたものになると思われていた。

それがエレンが緩和剤となっているようで、穏やかな視察となっている。

軍馬の訓練場や手入れの流れなど、一通りの説明をサウヴェルがしていると、ガディエルが思い出したかのように質問した。

「そういえばエレンに聞きたかったんだ。馬の飼料としてビートの絞りかすを採用したと聞いた」

「はい」

「ビートの栽培を決めたのはエレンだと聞いたが、どうしてビートを選んだんだ？」

ガディエルの言葉に、後ろにいた近衛達が素直に驚いていた。小さな子供が発案したものだとは思えなかったのだろう。

ガディエルは興味津々に理由を聞きたがっているが、エレンは口ごもってしまっている。

（う……どうしよう……）

目が泳いでいるエレンに、ガディエルが首を傾げた。

エレンがちらりとロヴェル達を見ると、理由を知っているロヴェルとサウヴェルが笑いを堪《こら》えるように、目を逸《そ》らして肩を揺らしているではないか。

（絶対笑われるか呆《あき》れられちゃう……）

言い辛いなぁと思っていると、教えて貰《もら》えないと思ったのか、ガディエルは眉《まゆ》が少し下がって困り顔になりつつあった。

（うっ！　罪悪感が……！）

エレンはどうやら、ガディエルのこの表情に弱いらしい。

「……笑いませんか？」

少し恥ずかしそうにエレンが言うと、釣られたのかガディエルの頬《ほお》もほんのりと赤くなった。

「わ、笑うわけがない。最初からここまで利益が出ているのに驚いたんだ。教えてくれるか？」

少しもじもじしながら、エレンがこそっと言った。

「お、お菓子が食べたかったの……」

エレンのその言葉にガディエルは呆気《あっけ》にとられた。エレンは顔を真っ赤にしている。

ロヴェルもサウヴェルも笑っているが、ガディエルは次第に真剣な顔になった。

「菓子が食べたいというだけで、これだけの利益を……？」

「も、勿論《もちろん》、見込める利益と残る絞りかすの利用も考えていました。じゃなきゃ植えてもらえないので。患者さんにとって一番栄養になるものは、やっぱり糖分だから……」

「トウブン？」

「えっと……お砂糖の事です。お砂糖と、お塩と、レモンと、お水を混ぜた飲み物も、具合が悪い人とかに良いんです」

経口補水液の事だ。エレンは治療院や騎士の人達に、レモンのはちみつ漬けや塩を足したレモネードなどを薦めている。

「でも、お砂糖は高額だから、自分達で作りたいっておじさまにお願いしました」

「……そうなのか」

何やら考え込むガディエルに、エレンは何を言われるのかとドキドキしていた。

エレンは他にも、治療院で使うコットンや茶葉、コーヒー豆、レモン、コーンの栽培規模を少しずつ広げ始めている。

他領から買うと高額なので、なるべく自分達で生産したいと考えた。

これらは学院のシステムを見て、エレンが提案した。治療院でかかるお金がとんでもない額なので、ある程度の自給自足が自領で出来るのが望ましいと考えた。

治療院の庭には、レモンの木が沢山植えてある。色鮮やかな実が生《な》る風景は入院患者からも好評だ。

「エレン……君は本当に……」

こちらをじっと見つめてくるガディエルにドキッとする。余計な詮索《せんさく》でもされるのだろうか？

（な、何……？）

目が離せないでいると、目ざとく気付いたロヴェルがすっとエレンを背後に隠した。

「殿下、そろそろ治療院へと向かいましょう」

「あ、ああ。そうだな」

ふと我に返ったようにガディエルが同意する。治療院ということは、これから先はエレンが説明を担当するという事だ。

エレンは何を聞かれるのかと少しドキドキしたまま、ロヴェルと手を繋《つな》いで治療院へと向かう馬車に乗り込んだ。

＊

治療院の前では、精霊治療師達が二人並んで待っていた。総院長と副総院長だがガチガチに緊張しているのが見て取れる。先に降りたロヴェルとエレンの姿を見て、ホッとした顔をした。

ヴァンクライフトの治療院は設立されて数年とまだ日が浅く、総院長も四十代と年若い。副総院長も三十代の女性である。

精霊治療師の平均年齢はなんと三十代とかなり若い者達で溢《あふ》れていた。

医師の方はまだ歳《とし》を重ねた者達がいるものの、エレンが次々と常識を塗り替えていく改革についていけず、去り行く者も意外と多かったせいだ。

入院施設は一棟、二棟、三棟と分けられ、治療院として使っている屋敷がどんどんと増えている。

各棟にも院長がいるのだが、今ここにいる二人は、全棟を管理している。

ガディエルを始めとする近衛《このえ》達は、治療院の規模を目の当たりにした瞬間、目を見開き、ぽかんとしていた。

ヴァンクライフトを行き来する騎士には馴染《なじ》みがあっても、王都からほとんど出ない近衛達は初めて見るからだろう。

ガディエルはあまりの建物の大きさに言葉を失っていた。数年前に来た時には無かったのだから仕方がない。

「ガディエル殿下、我がヴァンクライフト治療院へようこそおいで下さいました」

総院長が頭を下げるとようやく我に返ったらしい。

「あ、ああ。忙しい所にすまないな。我が一族は、その……まあ、事情があるから早々に立ち去る予定だ」

「は、はい……ロヴェル様からお聞きしております」

総院長は困った顔をしながらロヴェルをちらりと見る。その視線を受けて、ロヴェルは溜息《ためいき》を吐《つ》いた。

「殿下、少し失礼します」

「うん？」

ロヴェルがガディエルに手をかざすと、キンッと金属がこすれるような音がした。

「結界は施してありますが、念のために精霊治療師達の精霊はしばし暇を出しています。仕事中の者もいるため、案内できる場所は限られますのでご了承下さい」

「分かっている」

「ここから先はエレンがご案内します。ですがあまり娘に近付かないで下さいね」

心底嫌そうな顔をしながらロヴェルが言った。貴人に対して明け透けなその態度に、真横で見ていた護衛のラーベが少し驚いている。

「殿下、ご案内します」

カーテシーをして頭を下げたエレンが先頭に立つ。すぐ後にロヴェルや院長達が立ったせいで、小さなエレンの姿はガディエルからほとんど見えなくなってしまった。

あまり離れてしまうと声が聞こえないと焦るガディエルだったが、同席していたヴァンが音を拾えるように空気を弄《いじく》ってくれた。

突然聞こえてきたエレンの声にガディエルが驚くと、エレンが精霊魔法ですと説明した。

「大精霊様はそんな事まで出来るのか……」

「ヴァン君は風を司《つかさど》るので、空気を振動させる音を拾って届ける事が出来るんです」

エレンの説明に気を良くしたのか、ヴァンの尻尾《しっぽ》と耳がわさわさと揺れている。それを見たエレンは飛びつきたい衝動に駆られたが、ぐっと我慢した。

治療院の入り口を入ってすぐの正面に受付がある。長椅子に座って待っている患者も大勢いた。

物々しい行列とともに姿を現したガディエルの姿を見て、民にどよめきが走る。

「君達、すまないが静かに」

サウヴェルの言葉を聞いて民は慌てて黙って頭を下げた。そのまま微動だにしない。

「皆、具合が悪い時に騒いですまない。どうか大事にしてくれ」

民はガディエルの言葉に感動する。王族を間近に見られて感極まり、涙ぐむ者もいた。

それでは行こうとガディエルが足を出した瞬間、それは起こった。

『待て』

急に脳に語りかけてくるような声が聞こえてきた。ガディエルだけではなく、護衛や近衛達にも聞こえていたようで、一同に緊張が走る。

『呪い』

頭の中に響く声は、鼓膜を通して聞こえてくる声ではなかった。

「せ、精霊の声なのか……？」

呆然《ぼうぜん》としたガディエルの声に被《かぶ》さるように、エレンが宙に向かって大きな声を出した。

「トゥルー！　説明していたでしょう？　殿下は大丈夫です」

急に空中からブオンッと黒い渦が巻き起こり、痩《や》せた黒い女が出てきた。

ストレートの長い黒髪にドレスも黒。肌は雪のように真っ白で、両目は黒いレースで覆われている。

宙に浮いているがドレスの裾《すそ》が長く、足先は見えない。手にはレースが付いた黒手袋をつけていて、まるで喪服だ。

何より目を引くのが、頭と背中から生えている枯れた木の枝のようなものだ。それは左右に羽のように広がっていた。

治療院に似つかわしくないその姿は、不吉なものを感じさせた。

その姿はガディエル達にとって脅威に映ったため、護衛や近衛達がガディエルを守ろうと盾になってその前に立ち塞《ふさ》がろうとした。

「大丈夫です」

エレンが彼等《かれら》を制して止める。

「彼女はトゥルー、真実を司る大精霊です」

エレンが精霊を紹介すると、ガディエル達は目を丸くしていた。

「真実……そうか、ここ最近噂《うわさ》になっていたのは……」

「噂、ですか？」

ガディエルの納得がいったような声に、今度はエレンが首を傾《かし》げた。外では噂になっていたが、エレンの耳には入っていなかったのだろう。

「ヴァンクライフトの治療院は、仮病を使うと放り出されると……」

「ああ、はい。トゥルーですね」

エレンがその事かと頷《うなず》いた瞬間、トゥルーの首がフクロウのようにぐるんと右に回った。急なその動きに、ガディエル達の肩が恐怖でビクリと跳ねた。

『仮病』

トゥルーがそう言った瞬間、背中の羽の一部がぐわりと伸び、こそこそと隠れていた男の襟首を摑《つか》み上げた。

「ぎゃあああ！」

ブオンと一周振り回したと思ったら、開いていた入り口に向かってぽーんと男を放り投げた。

入り口に固まっていた護衛や近衛達は流石《さすが》の反射神経を見せ、サッと男を避《よ》ける。

呆然と男を見送ったのはガディエルだけではない。順番を待っていた患者達も初めて目にしたらしく、誰もが己が目を疑った。

「トゥルー、大儀でした」

にっこりと笑ったエレンが労《いたわ》ると、トゥルーがエレンに頭を下げた。

「もしや病気が見えるのか？」

「はい。トゥルーの目は真実を映すので、どこが悪いのかも教えてくれるんですよ。まずは怪我《けが》、病気、心の病を判断してもらって、次の診察に生かします」

説明しながらエレンはごそごそと何かを取り出した。小さな布包みに入ったそれをトゥルーに差し出した。

「いつもありがとう。これ、良かったら食べてね」

小さな包みは可愛《かわい》くリボンが結ばれている。トゥルーは大事そうに両手を添え、下から掬《すく》うようにもらい受けた。

『飴《あめ》』

「うん。レモン味だよ」

『感謝』

「こちらこそ！　また持ってくるね」

『我、待つ』

そう言って、トゥルーの姿がふうっと消えていった。

実はお菓子をあげるのを条件に治療院を手伝ってもらっているとは言い辛い。そこは流石にエレンも口を噤《つぐ》んだ。

「精霊に仮病か判断させているとは……」

「病気でもないのに薬を欲しがる人が多いんです。どうにかできないかなって思ってたら、双女神の方々がトゥルーを遣わしてくれたんです」

「……ん？」

エレンの説明に聞き捨てならないものを聞いた気がした。

「…………双女神？」

「はい。トゥルーはヴォールお姉さまの眷属《けんぞく》なんです」

そう言いながら先に進むエレンに、ガディエル達は動揺せずにはいられない。

「そ、双女神の眷属の方に病気を診て頂いているのか……」

この治療院は神殿よりも神聖な場所なのかもしれないと、周囲の者達はゴクリと唾液《だえき》を飲み込んだ。

「トゥルーのお陰で薬を欲しがるだけの患者は減ったので本当に助かっています。でも、今度は帰り道の患者さんが襲われるようになったんです」

「なんと……！」

「先程吹き飛ばされた方は玄関に待機している騎士達に身辺調査されます。二度とこの領地に入れないようにしてもらっているんですが、それでも諦《あきら》めが悪くて」

「……苦労しているんだな」

「はい。だから、薬が処方される三日間限定で入院してもらうようになりました。ここにいる患者は、治療師の目の前でしか薬が飲めません。三日間泊めるためのベッドを増やすために、今建物を増築しているんですよ。そのための広い敷地なんです」

「なるほどな。確かに広すぎて驚いたが、そういう理由があったのか」

エレンは治療院の奥へと案内する。受付から続く部屋が幾つもあり、そこの一つへと入った。

「お静かに」

しーっと人差し指を立ててエレンが注意する。ガディエルが頷くと、そろりと部屋の中を説明した。

「受付で順番待ちをして、先生と対面して診察をします。後ろが……」

診察室には壁が無い。入り口は沢山用意されているものの、扉を開けてみたら中は仕切りのみで繋《つな》がっているらしい。

診察室の奥は一面の白いカーテンのようなもので隔たれていた。それをそっとめくると、等間隔に並んだベッドが置いてあり、すでに幾つかは使われているらしい。

病が伝染《うつ》るといけないから、これ以上は近付かないようにとエレンは注意する。

「ベッドが設置してあって、ここで三日間、投薬されます。それで間に合う方もいますが、一部の症状を持つ方は別の棟へと移ってもらって入院になります」

真っ白なシーツが目にまぶしいほどに明るい室内。さんさんと降り注ぐ日の光を綿のカーテンが柔らかく遮っていた。

ベッドサイドには、青紫色のドライフラワーなどが置かれていて、ほんのりと良い匂いがしている。

窓辺には色鮮やかな花が花瓶に生けられている。窓の向こうに見えたのは、青々とした木々だった。

黄色い実が生《な》っているのに気付いて尋ねると、「あれはレモンです」と返事をもらう。

なぜレモンだろうと思えば、栄養失調などの病人のための食事に使うと言われて感心する。目で楽しめて治療にも使える。なんと無駄がないのだろう。

これまでの治療院と全く違う。他《ほか》の面々もこれほどまでに違うのかと驚いていた。

「…………すごいな」

「次はこちらへどうぞ」

通路へと戻り、奥へと案内された。奥には薬室があり、ここで一部の薬が作られている。

「ここでエレンの薬が作られているのか？」

思わず聞いてしまうガディエルだったが、エレンが振り返って言った。

「薬はここにはありません。盗まれたら困るので」

「そ、そうだな！　確かにそうだ」

陛下にすら頑《かたく》なに口を割らないのに、こんな所で正直に話すはずがない。

慌てて自分に言い聞かせるように繰り返すガディエルに、エレンは目を瞬《またた》いた。何をそんなに焦る必要があるのかエレンには分からなかったのだ。

何やら慌てていたと思いきや、今度は落胆しているしで、端から見たガディエルは何やら忙しそうである。

「殿下は王都の治療院を担当されているとお聞きしました」

「ああ。そうだ。このヴァンクライフトのやり方が気になると、王都でも噂になっているよ」

「ありがとうございます」

にっこりと笑うエレンに、ガディエルは何となくだが、いつもと違うものを感じた。

ガディエルは思わず姿勢を正した。何かあるのでは？　と身構えたとも言える。

「……何か私に聞きたいのかい？」

ガディエルの言葉にエレンが驚いた顔をした。

「殿下……」

「なんだい？」

「本当に陛下に似てきましたね」

少し驚いていたエレンは、すぐに悪戯《いたずら》を思いついたかのような無邪気な表情をする。

ガディエルは心臓の辺りを摑まれた気がした。

＊

治療院の薬室では、エレンはすぐに会話を終わらせてしまった。

あっけないやり取りの意味を測りかね、ガディエルは考え込んでしまって少し上の空だった。

気付けば日が暮れようとしている。慌ててその後の予定を確認すると視察は滞りなく終わっており、最後はヴァンクライフトの屋敷で会食となっていた。

ガディエルはしまったと思うがもう遅い。

心あらずのまま気付けば部屋へと案内されて食堂へと通され、食事まで始まってしまっていた。

会話を邪魔しない程度の微《かす》かなカトラリーの音が響く。

向かいに座るガディエルは、何度もエレンを見つめているのに気付いていないらしい。

ガディエルの真後ろには、毒味役の者が数名立っている。食事が並べられる前に、毒味をするためだ。

毒味役の者が運ばれてくる食事を目にする度に嬉《うれ》しそうにしているのが見えたエレンは、後で護衛の方々にも同じ食事がふるまわれるようにとローレンにお願いした。

イザベラは終始笑顔だし、ロヴェルにいたってはエレンを見つめ続けるガディエルの態度に非常に不機嫌な顔をしてワインを呷《あお》る。

ガディエルが質問することに、エレンが差し障《さわ》りなく答えるが、ロヴェルが時折ちゃちゃを入れてエレンに窘《たしな》められていた。

そのやり取りを見てガディエルが笑うという穏やかな光景がくり広げられていたが、この食事の場で一番心配されていたのは同席しているラフィリアの事だった。

訓練から戻ってきたラフィリアは、エレンと夕食が食べられると楽しみにしていたが、ガディエルが同席すると聞いて眉間《みけん》に深い皺《しわ》を刻んだ。その渋い顔に何事かとサウヴェルが慌てた。

『……エレンもいるのよね？』

『う、うん。いるよ』

『じゃあ私も一緒に食べるわ！　席はエレンの隣ね』

そんな事を言って周囲を困らせる。本来は同席できないのだが、一応お伺いを立てるとガディエルが許可したのだ。

サウヴェルの視線はラフィリアに注がれていた。変なことをしないか気が気でないらしい。

実はガディエルがエレンを気にしていた事を知っているラフィリアは、ガディエルがエレンに変な事をしないよう見張りたいだけだった。

勘違いしたサウヴェル達の心配を余所《よそ》に、ラフィリアは特に問題もなく黙々と食事を続けていた。

運動しているととてもお腹《なか》が空《す》くらしい。王族を前にして遠慮などしないその堂々とした態度にガディエルは笑っていた。

差し障りない話をしている内に皆が食事を終えたが、ここで本題だとばかりにガディエルがロヴェルに申し出た。

「ロヴェル殿、結界をお願いできますか」

「……良いでしょう」

パチン、とロヴェルが指を鳴らすと、食堂全体が結界に覆われる気配がした。イザベラやローレンは入っていたが、ガディエルの護衛達は入っていなかったらしく、慌てている。

それをガディエルが手で制した。すぐに察したようだが、心配そうな顔をしている護衛を余所に、ガディエルが話し始めた。

「エレン、治療院で私に聞きたいことがあると言っていたね」

「はい」

「あの場で話さなかったのは、他の者がたくさんいたからで合っているか？」

「お気遣いありがとうございます。大変助かります」

「して、聞きたいこととは何だろうか」

「殿下は、治療院で使われている薬の材料の入手先をご存じでしょうか？」

「大体は把握している」

「……でしたら、ハチミツ……蜜蠟《みつろう》を扱っている貴族をご存じないでしょうか？」

「蜜蠟……」

ここでガディエルは顎《あご》に手を当てて黙った。エレンの言葉から何か探っているのが分かった。

「教えても良いが、私に何か見返りがあると？」

「あるかもしれません。貴族と直接取引がしたいわけではありませんので」

エレンは楽しいと言わんばかりの笑顔で答えた。まるで言葉遊びをしているようだ。ガディエルの受け答えがラヴィスエルに感じる手応《てごた》えに似ていて、とても驚かされた。

しかし反対に、ガディエルは眉間の皺を深くしていた。頭を最大限に回転させ、エレンに追いつこうと必死に考え込んでいる。

「薬の材料として蜜蠟が欲しいというのであれば、確かにエレンに他の貴族と直接やり取りをされるのは困るな。……そうか、ここまでエレンは読むのか」

苦笑しているガディエルだったが、その言葉はどこか嬉しそうでもあった。

しかしすぐに少し困った表情を浮かべ、エレンは「あれ？」と首を傾《かし》げた。

「すでに利害が一致している……だが、少し困ったこともあるんだ」

「……それは、私達で解決できることですか？」

「エレン達しか解決できないかもしれない、と言ったらどうする？」

「交渉に応じます。私達しか、というなら精霊絡みかもしれませんし」

すぐに返事をするエレンにガディエルだけではなく、ロヴェルやサウヴェルまで驚いていた。

「ありがとう。……正直に言ってしまうと、君達しか解決できないと思ったんだ。……ラフィリア」

「え、な、何よ」

無礼な態度を見せるラフィリアに、変わっていないなとガディエルが笑った。

ラフィリアはサウヴェルから小さな声で叱責《しっせき》を受けていたが、ガディエルから放たれた一言で目を見開いた。

「養蜂《ようほう》を管理している貴族がいる。その養蜂場に、黒い女、という謎《なぞ》の女が現れると噂《うわさ》が出た」

ここまで聞いて、サウヴェルが「あっ」と声を上げた。

「ラフィリア、恐らく君の母君の事だ」

「え……」

目を丸くするラフィリア達に、ガディエルは続けて言った。

「最近、この黒い女が現れた周辺に盗賊まで出ているという話があった。調査に向かったのはどちらかといえば、この黒い女が何かしらの病ではないかという疑いのためだった。その後、おかしな動きを見せる盗賊がいると、報告が入ったのだ」

この病の疑いに関しては、事前にラヴィスエルの方からサウヴェルを通じてロヴェルとエレンが精霊を使って調査していた。

あれのことかとロヴェルとエレンがお互い顔を見合わせていると、ガディエルが力を貸して欲しいと言った。

「この盗賊は隣国ヘルグナーの息がかかっている可能性がある。もしかすると、ラフィリアの母君が協力、または捕らわれているのではないかと思っている」

「……どういうこと？」

「盗賊が出る場所は、決まって黒い女が出た場所だと報告されている」

ラフィリアの母、アリアは双女神の断罪を受け、顔から下が黒い茨《いばら》で覆われて真っ黒に染まっている。

それを聞いたラフィリアはショックを受けていたが、すぐにエレンが遮った。

「待って下さい、殿下。女が目撃された後に、盗賊が出るのですか？」

「そうだ」

「どうして、それで協力となるのですか？」

「……ん？」

「黒い女の噂は、どういう風に受け取られているのでしょうか。怖い、とか、見に行こうという人で溢《あふ》れているのですか？」

「……恐ろしいという噂だと聞いている」

「それでしたら、そこに人はほとんど来ないのではありませんか？　むしろ兵士達が調べに行く可能性があるので、盗賊側としては身を危うくするだけではありませんか」

「そ、そうだな」

そこまで言えば、誰《だれ》もが気付いたらしい。一番に声に出したのはサウヴェルだった。

「……アリアが狙われているのか？」

イザベラが悲鳴を押し殺すかのように口元に両手を押し当てていた。ラフィリアの顔色も青くなっている。

ヴァンクライフト家は、王家の差し金でラフィリアが誘拐されるという経験をした事がある。だからこそ、皆が当時の事を思い出しているのだろう。

「ラフィリア」

「エ、エレン……」

大丈夫と言うように、エレンは隣にいるラフィリアの手を握った。そのままガディエルの方を向いて、エレンははっきりと言った。

「まだ、その黒い女が狙われているとは言えないと思います」

「そうだ。その可能性はある、という段階だ」

サウヴェルにしてみれば元妻だ。貴族の立場からしてみれば平民の元妻など知らぬ存ぜぬとなるが、ラフィリアはそうはいかない。

夜逃げしたと思われるアリア一家は、その後行方《ゆくえ》が摑《つか》めなかった。ロヴェルが本気を出せば分かるのだが、アリアを嫌っているロヴェルにそのような事を頼めるわけがない。

しかしエレンの反応は違った。

「とーさま、行きましょう」

「ええっ⁉　行くの⁉」

エレンの言葉にロヴェル達が驚く。縁の切れた相手とは基本関わらないのが常識だ。

「アリアさんはラフィリアのかーさまです。その事実は変わりません」

「エレン……」

泣きそうなラフィリアの声がエレンの名を呼ぶ。しかし、次の瞬間にはラフィリアも意を決したように、キッとガディエルを見た。

「私も行くわ」

「ま、待て！　ラフィリア！」

慌てるサウヴェルの顔色は悪い。もしかしたら、ラフィリアがアリアの元へ行ってしまうと恐れているのかもしれない。

なんとなくその気持ちに気付いたのか、ラフィリアは少しだけ嬉しそうな顔をした。

「勘違いしないで、お父さん。私は引導を渡すの。じゃなきゃ絶対に後悔する」

「え……」

それはアリアにというよりも、自分自身の気持ちに、とも取れた。

「どの道、この問題が解決しなければ、蜜蠟のお話も進まない気がします。黒い女がアリアさんでも、そうでなくても、この問題は解決させるべきでしょう」

「その通りだ。養蜂場の周りで黒い女が目撃されるせいで、養蜂場が呪われているという噂まで立ち始めた。このままでは養蜂場は潰《つぶ》れてしまうかもしれない」

エレンがむむむ、と唸《うな》る。

「うちで養蜂はできないのかい？」

関わらないに越したことはないとロヴェルが遠回しに言ってみるが、エレンはロヴェルに呆《あき》れたような顔を向けた。

「うちの領土には何がいっぱいいると思いますか」

「あ……馬か」

馬が蜂《はち》に驚いて暴れる、といった事故に繋《つな》がる恐れがある。馬にとって蜂は天敵だ。

忘れていたといわんばかりのロヴェルに、エレンはさらっと言った。

「別にとーさまは来なくて大丈夫ですよ。私とラフィリア、カイ君達で行ってきます！」

にこやかなエレンを見たロヴェルは、ぎょっと目をむいた。

「私も同行しよう。私の肩書きは便利だろうから」

ガディエルも同行の意思を伝えてくる。ガディエルとエレンが一緒に行動するなど、ロヴェルが許すはずもない。しかしエレンは行く気満々だ。

「あ、あ、あ……」

ロヴェルがわなわなと震えている。異を唱える隙《すき》もなく、決まったも同然だった。

＊

会食の直後、場所を客室へと移し、ガディエルとその護衛三人が新たに同席した。

食堂での話し合いを再開し、フェルフェドへと向かう日程などの詳細をどんどんと決めていった。

馬車の手配や荷物の積み込みにかかる日数を計算し、ガディエルの予定と合わせていく。

この時点では主にサウヴェルとロヴェル、そしてガディエル達が中心となっていた。エレンとラフィリア達は、それらを横で黙って聞いていた。

テンバールから北にあるフェルフェドまでは馬車で約三日程かかる距離なのだが、途中で一度だけ野宿を挟むという。

不謹慎ながら、キャンプのようなものが出来るのではと少しだけワクワクしていたエレンだったが、ロヴェルに夜に滞在しつづけることはあえなく却下された。

夜は精霊城に帰るんだよ、と言われて少し残念に思ってしまった。

以前、ロヴェルとエレンの二人で人間界で力を馴染《なじ》ませるために行った旅も、エレンが幼かった事も踏まえて夜は精霊界へと帰るという日帰りだったのだ。

現在のエレンは昔と変わらず十歳ほどの見た目だ。野営の準備にしろ、非力過ぎて手伝えることもないだろう。

足手まといになるなら仕方がないと思っていたが、エレンが精霊城へと帰った後、ラフィリアがそのまま一人残ることに気付いたエレンは猛反対した。

「ラフィリアを一人にはできません！」

「大丈夫だよ。こんな猛じゅ……ゴホン、誰もそんな事はしない、というか出来ないだろうから」

「女の子になんて失礼な事を言っているんですか――！」

激怒するエレンはぽかぽかとロヴェルを叩《たた》くが、ロヴェルは「ハハハ」と笑うばかりだ。

「エレン様、大丈夫ですよ。ラフィリア様は猛じゅ……」

「怒りますよ！」

「いえ、何でもございません」

ぷりぷりと怒るエレンにカイもたじたじになっていた。

「ラフィリアに女性騎士を付けて下さい！」

「そうは言ってもなぁ……これはお忍びだし難しいと思うよ。何より殿下が同席を許せる人じゃないとダメじゃないかな？」

「では、殿下にお聞きしましょう！」

「わ、私か？」

たじたじのガディエルにエレンが意気込む。

「エ、エレン、私は大丈夫だよ？」

特に気にする事でもないとラフィリアは平然と言う。むしろエレンの怒りっぷりの方に驚いていた。

「ダメ！　ダメだよラフィリア！　女の子なんだから着替える時とかに見張りになってくれる人が必要だよ！」

エレンがラフィリアを気遣って主張しているのだ。

ラフィリアには自分を心配して女の子扱いをしてくれるエレンの存在がまぶしく映っているようで、頬《ほお》をほんのり赤らめて照れていた。

「エレン様は女性騎士の本性をご存じないのです。あいつらは手が付けられませ……」

「カイ君、黙ってて下さい」

「申し訳ございません」

カイは珍しくエレンに睨《にら》まれていた。カイよりもラフィリアを優先した事にラフィリアが感激し、

「エレン！」と急に抱きつかれた。

「むぎゅう」

「エレン～～私《わたし》嬉《うれ》しい！」

「う？」

「えへへ」

「うん？」

エレンはラフィリアが何を嬉しがっているのか分からない。首をこてんと傾《かし》げていると、可愛《かわい》いとラフィリアに頭を撫《な》でられた。

そのままラフィリアは顔を上げてカイを見た。

「フッ」

「……っ！」

不敵な笑みをカイに向けたラフィリアとカイとの間に火花が散る。エレンはラフィリアに抱きしめられていたので、ラフィリアとカイの火花に気付かなかった。

「問題があるようには見えないが……」

ガディエルも遠い目をしながら、そんな事を口走ってしまった。

ロヴェルが溜息《ためいき》を吐《つ》きながら、「一応俺も結界を施すんだけど」とぼそりと呟《つぶや》くが、それもエレンに届かない。

その点に関してはサウヴェルもエレン同様に気がかりのようで、女性騎士の名前を複数挙げてみたが、ガディエルと一緒に行動するとなるとやはり難しいらしい。

「どうしてそんなに決まらないんですか？」

エレンの素朴な質問に、ロヴェルが肩をすくめながらも説明してくれた。

「女性騎士自体がそもそも少ないんだ。彼女等《かのじょら》は王妃や王女の護衛に回っているんだよ。往復で何日かかるか分からない所に殿下と共に派遣となるとちょっとなぁ……」

「ヴァンクライフト家の者達もだめなんですか？」

「何と言えばいいか……殿下狙い、と取られるんだよ」

「えっ」

サウヴェルの説明にエレンとラフィリアが驚いた。いわゆる王太子妃の座を狙った貴族達の争いだ。

「子供ができたのを理由に結婚してしまえば女神の制約で簡単には離婚できなくなるからね。それを狙って貴族達が自分の娘を騎士にして送り込んでくるのさ。そういった問題が起きた時のために家柄が制限されているんだよ」

ロヴェルの説明にエレンとラフィリアはどん引きしたようで、二人揃《そろ》ってガディエルから一歩下がっていた。

これにガディエルがショックを受ける。「私はそんな事など女神に誓ってしない！」と一生懸命に否定していた。

「殿下は猛獣に狙われているのさ」

ロヴェル自身も昔を思い出したのか、溜息を吐きながら「貴族は何かと大変なんだよ」と言った。

「じゃあ私とラフィリアは公爵家だから殿下と一緒に行けるんですか？」

「そうだね。間違いが起きようと殿下と釣り合いが取れれば問題ない。となれば自然と伯爵家以上の女性騎士が望ましい。でも今は全員王妃達の方に出払ってて誰もいないんだ」

「間違いなんてありません！」

きっぱりと言ったエレンだったが、それを聞いたガディエルは非常に複雑な気持ちになっていた。

「エレン、そんなにはっきり言わなくても……確かに近付けないけれど……」

「何ですか？」

「いや……なんでもないよ……」

ちょっと落ち込んでいるガディエルの肩に、ラーベが慰めるようにポンと手を置いた。その様子を見ていたロヴェルが鼻で笑った。

「うちの娘にその手の話は通じませんよ。おにぶさんですからね！」

「え、急に私の悪口ですか？」

「良い意味で言ってるよ！」

「とーさま、ちょっと近付かないで下さい」

「なんでぇえええ!?　いやだあああああ‼」

叫ぶロヴェルをエレンがぷいっと無視すると、ロヴェルは「反抗期反対！」と言いながらラフィリアからエレンを奪い取り、抱きしめていた。

「伯父様って重たい……」

ラフィリアにまで引かれている。周囲の目は、エレンにとても同情的だ。

「我に心当たりがあります。ちょっと聞いて参ります」

それまで黙っていたヴァンが声を上げた。ガディエルは、ヴァンが人化していたことに今まで気付かなかったらしく、「誰《だれ》だ？」と驚いている。

「ヴァンですよ。カイが契約した大精霊です」

ロヴェルが紹介すると、ガディエルと護衛達が驚いていた。

「あの大精霊様か……？　これは驚いた」

ヴァンが獣化してみせると、ガディエルが「おおっ！」と興奮したように喜んだ。

「大精霊様は凄《すご》いな！」

相手が呪われているとか関係無しに、手放しに褒められてヴァンは嬉しいらしい。耳と尻尾《しっぽ》がそうだろうと言わんばかりにゆらゆらと揺れている。

しかし背後でカイがジト～と目を細めている事に気付くと、ヴァンは慌てて「行って参ります」と姿を消した。

ガディエルはヴァンの姿が消えた事にも興奮している。護衛達は昔からガディエルが精霊に憧《あこが》れていた事を知っていたので、その姿を微笑《ほほえ》ましそうに見ていた。

「大精霊様と契約とは本当に素晴らしい。是非ともその力で民を守ってくれ」

「お断りします。俺《おれ》とあいつはエレン様の護衛です。この力はエレン様を守るためにあるのです」

カイの言葉にガディエルの笑みがピシリと音を立てて固まった。

「エレンの護衛だと……？」

それだけでお互い何かを察したのか、急に二人の間に不穏な空気が漂った。

その様子を見ていたエレンは、カイの不敬な態度は大丈夫なのかとオロオロしている。

ロヴェルとカイは当然だと言わんばかりに堂々としているが、サウヴェルは頭を抱えていた。やはりあまり堂々と言うことではないのだろう。

しかし、ガディエル達の間に入る存在があった。エレンの前に立ち、二人から庇《かば》うようにエレンを背中に隠す。

「あんた達二人とも、エレンに近付くんじゃないわよ！」

ラフィリアがガディエルとカイを威嚇する。この発言にガディエルとカイが一瞬「えっ」という顔をしたが、すぐに状況を飲み込んだらしく、今度は三人の間で一触即発の状態となる。

エレンが「落ちついて！」と慌てているが、この様子を見ていたサウヴェルが呆《あき》れながら言った。

「ラフィリアがエレンの護衛騎士のようですね……」

「実際そうだろう。あれの娘という理由だけではラフィリアは連れて行けない」

サウヴェルの呟きにロヴェルが返し、場を静観している。

以前のラフィリアはガディエルが好きだったようなので、この場に同席させるのをサウヴェルは躊躇《ためら》っていたが、どうやら杞憂《きゆう》だったようだ。

一方、護衛の三人に目を向けると、ラーベはニヤニヤと面白そうにし、フォーゲルは事の成り行きを心配そうに見ていた。

トルークに至っては、執事としてお茶を淹れているローレンを熱い目で見つめていた。

視線に気付いたローレンが、横目でギロリとトルークを睨み付けると、それを受けたトルークがポッと顔を赤らめた。

そんなトルークを見たフォーゲルが目と口をまん丸にした。

「トルークお前、そんな奴だったのか……」

フォーゲルの呟きがエレンまで聞こえてきた。思わずそちらを見ると、トルークがチラッチラッとローレンを見ながら、理由を教えてくれた。

「ローレン殿は俺の大叔父でして……」

「そうだったんですか⁉」

驚くエレンの声に反応して、全員の視線がトルークとローレンに注がれた。

「君はルーディ家だったのか」

モンスターテンペスト以降、ロヴェルはテンバール貴族との関わりが全くなかったので、知らないのも無理はない。

「ルーディ家？」

エレンの疑問にロヴェルが教えてくれた。

「ヴァンクライフトはテンバールの軍事領だが、それは表に限っての事。ルーディ家は主に裏を管理している家なんだ」

「……裏」

隠密のような事をしている家なのかとエレンが聞くと、その通りだよとロヴェルはエレンの頭を撫でた。

「元々は影の一人からできた家でね、その男の愛称がルーディ。その家の者は、生まれを隠して他《ほか》の家の養子に入り、王家に代々仕えるんだ。ローレンは前王に仕えていたんだよ」

「え――――!?」

エレンとラフィリアが驚く。カイは驚かなかったので知っていたようだ。

「大叔父は戦場で戦うバルヴェル様に惚《ほ》れ込みまして、ルーディ家を抜けました。それからは俺の祖父が当主を引き継ぎまして、代々王家に仕えております」

「ホッホッホッ。懐かしゅうございますな」

ローレンが皆にお茶を配りながら笑った。ローレンはトルークの存在を知っていたようで、場を弁《わきま》えずに熱く見つめてくるので叱責《しっせき》の意味を込めて睨んだようだ。しかし、それすらも喜ばせる結果となってしまった。

「俺の一族では大叔父は伝説の人なんです」

キラキラとした目でローレンを見つめるトルークは、いつもは寡黙でクールな男性らしい。

いつも一緒に行動しているガディエル達までトルークの様子に驚いていた。

「憧れの人なんですね」

「はい。それはもう！」

エレンの言葉にトルークが嬉《うれ》しそうに同意した。

「これはこれは。恐縮です」

優雅にボウアンドスクレープをしてみせるローレンを、トルークがうっとりとした目で見つめた。

「そういえばおばあちゃまが、ローレンとおじいちゃまを取り合ったって言ってましたけど、じいじもおじいちゃまの下に押しかけてたからだったんですね」

エレンの言葉に驚いたローレン以外の全員が、バッとエレンを見た。

「ま、待ってくれエレン……その話は初耳だ」

取り合ったとはどういう事だと動揺するサウヴェル。ロヴェルは斜め上の方を見ながら記憶を探って眉間《みけん》に皺《しわ》を寄せている。そんな事などあったか？　と首を傾げていた。

「おばあちゃま、おじいちゃまに一目《ひとめ》惚《ぼ》れして押しかけたって言ってました。そしたら横にじいじがいて、おばあちゃまが嫉妬《しっと》したそうです」

「あの頃のイザベラ様はそれはそれは……」

含みを持って笑うローレンにエレンは納得した。

「じいじってば面白がったんですね！」

「ほっほっほっ！」

どうやらその通りだったようだ。サウヴェル達の頭の上にはハテナマークが浮かんでいたが、エレンが笑いながら教えてくれた。

『ローレンは意地が悪いのよ〜あの人が見てない所で、わたくしにニヤッと笑うのよ。わたくし負けられないと思って、先《ま》ずは周囲を固めようと色々な所へ押しかけてご飯などを振る舞ったわ！』

イザベラが言っていた事をそのままエレンが話すと、ロヴェルとサウヴェルは心当たりがあったようで「あれか！」と呟《つぶや》いた。

ヴァンクライフトの鉱員達がイザベラに対して好意的だったのは、こういった事情があったからだろう。

前王の懐刀とまで言わしめたローレンがバルヴェルの元へとやって来てから、話題は常にローレンだった。夫の関心を自身に向けるためにイザベラが奮闘した話だった。

バルヴェル自身も最初はローレンに対して戸惑っていたようで、タジタジだったと聞く。

祖父は来る者拒まずで、とても懐の大きい人だったそうだ。

「旦那《だんな》様が生まれる前のお話でございますよ。私は二人の仲をかき回す悪のように振る舞いましたな。そのお陰で旦那様がお生まれに……」

「子供の前で止《や》めんか——!!」

赤くなったサウヴェルが慌てながら叫んだ。ローレンは高笑いしている。

その様子を見てガディエルが笑った。

「ヴァンクライフトは楽しいな」

「殿下……上手くまとめましたね」

ラーベに褒められて、ガディエルは「そうか？」と首をかしげた。

丁度そのタイミングでヴァンが精霊界から戻ってきた。ロヴェルが真面目な表情に戻る。

「ヴァン、どうだった？」

「了承を取り付けましたが、女王が少々荒れております」

「……ん？」

「かーさまがですか？」

「わたくしも行きたいわ～～！　と、おっしゃっております」

ヴァンが棒読みでオリジンの真似をした。オリジンを知る面々が小さく噴き出す。

「じゃあ俺の女王様を慰めなくてはね」

「被害が出る前に帰ります！　殿下、お時間ありがとうございました」

カーテシーをしてお礼を言うエレンに、ガディエルも頷《うなず》いた。

「……ああ、有意義な時間だった」

ガディエルの返事を聞いて、エレンはふわりと微笑んだ。

エレンがバイバイと手を振った。それにガディエルも片手を上げて応《こた》えた。

エレンが消えた場所をずっと見つめていたガディエルは、サウヴェルに声をかけられてようやくそちらへと振り向いた。

「殿下、もう遅い時間ですのでどうぞお休み下さい。近衛《このえ》達にも部屋へ案内させましょう」

「ああ。ありがとう」

「改めて日程を組みましょう。ローレン、頼んだぞ」

「畏《かしこ》まりました」

ローレンに連れられて部屋へと向かう途中、ガディエルはどこかふわふわとした気持ちになっていた。

ガディエルはエレンの笑顔をまともに見たことが無かった。自分に向けられた笑顔は、以前ロヴェルが自慢していた通りだった。

輝く不思議な色の瞳《ひとみ》を見ると、まるで祝福を受けたかのような嬉しさで心が満ちるのを感じた。

(エレンは、昔交わした約束を守ってくれたのか……)

頰《ほお》が赤らむのを止められない。何より最後、バイバイと手を振ってくれた姿を見て、一気に距離が近くなった気がして嬉しかった。

ふと横を見ると、ガディエルを微笑ましそうに見ているラーべと目が合った。

「良かったですねぇ」

「うるさい」

つい憎まれ口を叩《たた》いてしまったが、顔が緩むのはしばらく止められそうになかった。

第三十三話　新たな精霊

ガディエルの視察からさらに一週間後――。

フェルフェドへ向かうことになった当日の朝早くにヴァンクライフトの屋敷の前に到着したガディエル達は、サウヴェルが用意した馬車の馬達を見て絶句した。

「……これは些《いささ》か無理がないか」

お忍び用として用意された馬車は、十人乗りほどの屋根がある大きな荷馬車だった。

しかし、ガディエルがそう呟いてしまうほどに馬が厳《いか》つ過ぎて、違和感があった。

通常の軍馬よりも二回りほども身体《からだ》が大きく、鼻息がとても荒い。鋭い目はこちらを向くだけで威圧感がある。これでは一目で普通の馬ではないと分かってしまうだろう。

「扱いが難しそうな馬ですが、これらに馬車を引かせるのですか……?」

フォーゲルが震える声で問うと、サウヴェルはロヴェルをちらりと見る。まるで「兄上のせいです」と言わんばかりの態度だった。

「その馬達でなければ無理だ」

「どういうことでしょう?」

「ラフィリアのために連れてきた護衛がちょっとな……」

頬をポリポリと掻《か》くロヴェルは、明後日《あさって》の方向を見ている。丁度その時、エレンとヴァンが転移してきた。

「おはようございます！」

エレンは女性用の乗馬服のような身軽な服装だ。タイツを穿《は》いて膝《ひざ》が少し見えるキュロットパンツとムートンブーツ、外出用のポンチョからいつもと違った印象を受けた。

すぐにでも走り回りそうだ。

ポンチョには白いレースの襟に花の刺繍《ししゅう》がさりげなく施されていて、エレンにとても似合っていた。

「おはよう。エレン、その服とても似合っているよ」

「えへへ。ありがとうございます！　おばあちゃまが作ってくれました！」

ポンチョの刺繍はイザベラがしてくれた。鉱山に行くなら動きやすい服を作った方が良いと、ドレスとは別に作ってくれた内の一つだ。

動きやすいこの服はエレンのお気に入りのようで、ロヴェルの前で「見て見て」と言いながらくるくると回る。ポンチョがふわりと広がった。

笑顔のロヴェルに、可愛《かわい》い可愛いと頭を撫《な》でられていると、ラフィリアとカイがやってきた。

「おはよう――！」

エレンが二人の元へと駆け寄る。

ラフィリアとカイは動きやすいように乗馬服だ。ラフィリアの上着がエレンのものとどこか似通っているので、揃《そろ》いで合わせているのだろう。ラフィリアの服も、同じように花の刺繍が施されていた。

数日分の荷物の積み込みはすでに終えているので、後は出発するだけとなっていたが、増えたはずの護衛がいないとガディエルが言った。

「ああ、殿下。ご紹介しますね」

ロヴェルがそう言った瞬間、上空からとてつもない威圧感が放たれた。まるで全身に重力がかかってしまったかのようで、膝をつきそうになる。

「よおお〜アタシはアウストル。ヨロシク頼むわ〜〜」

皆の前に降り立った女性は身長も肩幅も大きかった。近くにいたサウヴェルと比較しても軽々とその体形を凌駕《りょうが》している。マントの隙間《すきま》から筋肉が隆起しているのが分かった。

ガディエルと護衛達が青ざめている。さらに馬達も怯《おび》えていた。

「我の母上です」

獣化しているヴァンがそう付け加えた瞬間、ガディエルの顔が綻《ほころ》んだ。

「大精霊様の母君だったのか！　どうかよろし……」

「おいおいおい〜〜坊主呪われてんじゃねぇかぁ〜〜〜ああ〜〜〜ん？　じゃあお前がどっかのバカ

野郎の末裔《まつえい》か～～？」

突然殺気をぶつけてくるアウストルにガディエルは一瞬固まってしまったが、すぐに表情を改めて真剣な顔になった。

「そうだ。私がその末裔である」

泰然と答えるディエルに、アウストルは一瞬呆気《あっけ》にとられた。そしてすぐに大笑いする。

「へええ、まあいい。アタシは女王の命令に従うだけさ」

「女王の？　それは……」

「アウストル」

ロヴェルの制止が入り、アウストルは手をひらひらと振って誤魔化した。

「申し訳ございません、殿下」

「……いや、構わない。事実だ」

ロヴェルの形だけの謝罪に、ガディエルは少し寂しそうに笑っていた。

他に御者と、その護衛として見習い騎士が一人同席するとサウヴェルから紹介された。

「あんたカールじゃない!!」

どうやら顔見知りだったらしい。ラフィリアの叫び声にサウヴェルが「知り合いだったのか？」と聞いた。

「……見習い騎士のカールです。どうぞ宜《よろ》しくお願いします」

そう言いつつ、すぐにラフィリアをキッと睨《にら》む。二人の間にバチバチと火花が散っていた。

カールはラフィリアがまだ学院に在籍していた頃、ラフィリアの行動に面と向かって物申した男子だ。

ダークブラウンの短い髪、日に焼けた肌。ほんのりとそばかすが見え、子鹿のような印象を受ける素直そうな少年だった。

十四歳という年齢だが、手と足のサイズが大人顔負けなほどに大きい。すぐに身長が伸びそうだ。

ラフィリアの一つ上の学年だったカールは、騎士科の授業でヴァンクライフト領での訓練中にラフィリアと再会した。

今では顔を合わせる度に、どうでもいい事が言い合いに発展して、ラフィリアの訓練相手にされては毎回伸《の》されている。

ラフィリアの戦闘技術は、すでに学院生のみならず、騎士達の中でもトップに近い。一対一で勝負になるのは、今やサウヴェルくらいだ。

そのためラフィリアの訓練は、ラフィリア一人に対して複数人で行うのが通常だ。

その中でカールだけ、一人で突っかかっていっては毎回伸されているのだ。諦《あきら》めずにラフィリアに挑み続けている姿から、周囲ではかなり無鉄砲……いや、度胸を買われていた。

さらに実家が牧場だったお陰か、カールは馬の扱いに慣れており、さらには動物の言葉が分かると噂《うわさ》になって、回り回ってサウヴェルに伝わったようだ。

「その馬達はかなり癖が強いんだが、どういうわけかカールに懐いているんだ」

「俺《おれ》、動物の気持ちが分かるんです！」

騎士団長であるサウヴェルに名前を覚えられている事をカールは誇らしげにしている。

しかし、その娘と折り合いが悪いのは大丈夫なのかと誰《だれ》もが思わずにはいられなかったが、エレンはカールの側《そば》にいる何かに気付いた。

「小さい子がいますね」

カールに近付き、エレンが人差し指を差し出すと、スッと光り輝くものがエレンの指の先端に止まった。

蝶《ちょう》かと思ったが、蚕蛾《かいこが》のようにもふもふの毛が生えていた。黒くまん丸の目がぱちくりとエレンを見る。

「小さな精霊ですね。もしかしてカールさんが好きなの？」

エレンが聞くと、その精霊はこくんと頷《うなず》いた。

「カールさん、この子と一緒にいてくれませんか？」

そう言って、エレンが精霊が乗った指をカールの目の前にそっと差し出した。カールは挙動不審になっている。何が起きているのか分からないらしい。

「あ、え？　その……俺、動物は何でも好きだけど……え？　こいつ虫？　え？」

「この子、可愛いですか？」

「あ、うん……かわいい……デス」

「この子の声に耳を傾けて。名前を聞いてあげて」

「名前……？」

エレンの指に止まったままの小さな精霊と目が合う。きゅるりとした目を向けられて、カールはあまりの可愛さに声を聞くというよりも、頭を撫でてみたくなった。

そっと人差し指で小さな精霊の頭を撫でた瞬間、頭の中に声が聞こえてくる。

『ラシオン』

「……ラシオン？」

聞こえてきた声をオウム返しのようにカールが呟《つぶや》く。すると、カールとラシオンの出会いを祝うように、暖かい風がふわりと二人を撫でた。

「……え？」

困惑しているカールに、エレンが笑顔を向ける。

「契約、おめでとうございます！　仲良くしてあげてね」

ラシオンが嬉《うれ》しそうにカールの回りをぐるぐると飛んだ。ふわふわと鱗粉《りんぷん》のような粉が光り輝いて舞っている。

「気付いてもらえて良かったね、ラシオン」

エレンの祝福の声に、カールもいまだに信じられないと困惑しているようだった。

「動物の気持ちが分かるっていうのが、カールさんとラシオンの力かしら？」

首をかしげたエレンは、試しに馬車を引く予定の馬達の気持ちが分かるかとカールに聞いてみた。

「あ、えーっと、えっと………」

カールが意識を集中させると、ラシオンがカールの願いを届けるように羽を広げた。

馬の真上にラシオンが飛んで行くと、馬に金粉が降りかかる。そうして馬の声を聞いたラシオンが空気の振動を利用して通訳しているらしい。

「………こわい？」

側にいるアウストルに馬がとても怯えていることが分かった。

馬に近付くなとロヴェルから言われたアウストルは、ふて腐れた声を上げた。

「ったく、根性がねぇ馬共だな！　アタシが後で鍛え直してやるよ」

「やめんか」

ロヴェルが溜息《ためいき》交じりにそう言うと、アウストルは消えていった。

「行く前に新たな精霊魔法使いの誕生か。なかなか幸先が良いのでは？」

ロヴェルがそう言うと、エレンも喜んでいた。

しかし精霊と普段関わりが無いガディエル達と当の本人であるカールは、事態を飲み込むのに時間がかかって出発が少し遅れてしまうのだった。

＊

エレン達はフェルフェドへと向かうために馬車に乗り込んだ。

冬で肌寒いとはいえ、快晴で空気が透き通っていて気持ちが良い朝だった。ロヴェルの結界によって、馬車の中には冷気が入らないようになっているのでとても快適だ。

さらに座り心地が良いように、イザベラによって改良が重ねられていた馬車の中は、クッションがこれでもかと大量に置かれていた。

足下がふわふわで少し不安定ではあったが、エレンとラフィリアは二人で「ふわふわ！」と言い合って楽しそうにしている。

馬車の両脇には椅子に見立てた横長の木箱が一列に並べられていて、その上に座れるようになっている。エレンのさりげない一言から、その箱の蓋《ふた》にはクッションが縫い付けられているという改良まで施されていた。

箱の中には野営用の荷物や食材、服などが箱ごとに区別されて詰められている。無駄の無い空間の使い方に、ガディエルはキョロキョロと興味深そうに馬車を見ていた。

最近では、ヴァンクライフト領で馬を利用してバスのような乗り合い馬車のシステムが始まっている。これはその乗り合い馬車の改良版だ。

「エレンがもふもふ好きだと知ってから、母上の手が色々な所に入っているな」

「おばあちゃまとこうしたらああしたらって話していたら、気付いたらこんなことになってました！」

「エレンも関わっていたのか」

会話をしながらおのおのが座っていく。食材などは初日に使う分くらいしか乗せられていない。ほとんど道中で調達できるので、荷物はかなり少なかった。

ガディエル達が持ってきた荷物をカイが箱へ詰め込むと、ガディエルも護衛達も興味津々にカイの手元を覗《のぞ》き込んでいた。

王家の荷物には鍵《かぎ》をおかけ下さいとカイから鍵を渡される。鍵を握りしめたガディエルは、感心しきりであった。

「ヴァンクライフトは本当に興味深い」

ガディエルの声が弾んでいるのが分かってラーベ達が苦笑した。

馬車の奥からエレンとラフィリア、ロヴェル、カールと続き、エレンと極力距離が空くようにガディエル、出口近くにラーベが座った。

御者の隣にはカールが座る予定だったが、道中で精霊魔法使いとしての基礎知識を学ぶため、午前は馬車の中で待機となった。

護衛としてトルークとカイが乗馬して馬車の前後につき、御者の隣にはフォーゲルが控えている。

アウストルは姿を消したまま待機となった。ヴァンは姿を消した状態で馬車の屋根に寝そべっている。馬の助けとなるように、風を操って追い風を起こしていた。

途中、昼休憩を挟むまではこのまま進むことになる。それまでロヴェルがカールに精霊魔法使いの基礎を最低限でも教え込む予定だ。

「基礎といってもも精霊とのやりとりで覚えていくから、そんなに無いんだがな」

「やりとり……ですか」

ロヴェルの言葉にカールが困惑していた。ラシオンと心を通わせたばかりなので当然だろう。

「精霊と契約する上で一番大事なのは、精霊の存在に気付くことなんだ」

エレンがラシオンに気付いてカールに教えてくれなかったら、カールはラシオンとは話せないいまだったかもしれない。

「エレン様、ありがとうございます！」

カールがエレンに向かって勢いよく頭を下げた。

「ラシオンが気付いて欲しがってたの。声が届いて良かったです」

エレンの言葉にラシオンがうんうんと頷いている。カールは、くしゃりと顔を歪《ゆが》めた。

「ラシオン……お前、ずっと俺に声をかけてくれてたんだな。気付かなくて悪かったよ」

カールがラシオンの頭を撫《な》でると、ラシオンはうっとりと目を細めて身を委ねた。嬉しそうにカールの指に触角を纏《まと》わり付かせ、もっと撫でてとねだっている。

「うう……ぐすっ」

カールはあふれ出てきた涙を袖で拭《そでぬぐ》った。

「俺、俺……ほんとに？　精霊魔法使いなんですか？」

「ああ、そうだ。間違いない。良かったな」

カールはしばらく嗚咽《おえつ》が止まらない。

精霊魔法使いになれるのはごく一部。テンバール国では一気に出世街道だ。

「見たところ、動物と意思疎通できる能力のようだな」

ロヴェルがじっとカールを見ている。鼻を啜《すす》りながら顔を上げたカールは、ロヴェルの視線を受けてビクッと肩を震わせた。

「あ、俺、すんません。こんな、いきなり泣いたりして……」

「精霊魔法使いは努力でなれるものではない。感情が高ぶって当然だ」

ロヴェルはカールの肩をポンポンと叩《たた》く。なかなか見られないロヴェルの他者への労《いたわ》りに、内心エレンはとても驚いていた。

オーリと出会った頃を思い出すよ、と呟いていたので、カールを見て懐かしかったのだろう。

ふと、ラフィリアがカールを何とも言えない表情で見ていることに気付いた。同じ騎士見習いだからこそ、精霊魔法使いの強みを知っているのかもしれない。

「な、何だよ」

怪訝《けげん》な表情をしながらカールがラフィリアに聞くと、ラフィリアは少し迷いつつも、ふんっと上から目線の言葉を投げた。

「……やるじゃん」

「………え」

カールがラフィリアを見て、目を瞬《またた》いている。しまいには「変なもんでも食ったのか？」とまで言い出した。

「失礼ね！　素直に褒めただけでしょ！」

「お前から褒められるとかこえーんだよ！」

「なんですって⁉」

二人からガルルルルと獣の唸《うな》り声が聞こえた気がした。どうやら犬猿の仲らしい。

ロヴェルが溜息を吐《つ》きながら「殿下の御前だぞ。止《や》めろ」と言うと、ラフィリアとカールはスッと言い合いを止めた。

しかし、それでもお互いの目線は怒りで絡み合っている。日頃から顔を合わせる度にやっているのだろう。

エレンは二人を見ていて、ヴァンとカイを思い出した。

「仲良しですね！」

「どこがっ⁉」

ラフィリアとカールの声がハモる。やっぱり仲良しだとエレンが笑っていると、ガディエルも堪《こら》えきれずに笑い出した。

「くっ……す、すまない……ふふっ」

肩を震わせて笑うガディエルは、我慢しようとして何度も失敗している。

しまいには、ラーベの背中に隠れて笑っていた。

「殿下がツボに入られまして。すみません。殿下はこうなるとなかなか止まらないんです」

盾にされたラーベが代わりに謝った。意外なガディエルの一面を見たエレンも笑った。

「あー……すまない、久しぶりにこんなに笑ったよ」

ガディエルはお腹《なか》を擦《さす》っていた。笑いすぎて腹筋が痛くなったのだろう。

「カール」

「は、はい！」

「君の契約に立ち会えた幸運に感謝する」

「も、ももも勿体《もったい》ないお言葉です！」

起立して礼をするカールに、「どうか楽にしてくれ」とガディエルが言った。

「カール、ここに呼ばれる前にサウヴェル殿から聞いていると思う」

「はい」

「私達はお忍びだ。殿下と呼ばれては困る。今の俺はガディスだ。皆もそう呼んでくれ」

「……ガディスさん？」

「エレン、ガディスでいい。もう一回」

「………ガ、むぐ」

「言わなくていいんだよ」

頑張ってエレンが言おうとしたら、ロヴェルがにこっと笑いながらエレンの口元を手で覆って止めた。

「伯父様、ほんっと心が狭い」

ラフィリアの言葉にロヴェルが笑顔を向けるが、その目は笑っていなかった。

「ガディス？　伯父様の言う通りにしておいた方がいいわよ。この人、重たいから」

「あ、ああ……」

なかなかの言われようである。

ロヴェルは渋面をつくって黙り込んでいたが、「俺はそこまで重くない」とぼそっとエレンの背後から聞こえてきた。

ロヴェルの手を引きはがすのに必死になっていたエレンだったが、ラフィリアのぞんざいな態度に笑いが止まらなくなった。

「ふふっ、ふふ、……ふふふ」

「あ、今度はエレンがツボってる」

ラフィリアがそう言いながら、珍しそうにエレンを見た。

そんなこんなでワイワイと話しながら、あっという間に昼休憩の地点まで到着したのだった。

＊

昼休憩の地点でイザベラから持たされた大量のお弁当を皆で食べ、護衛達が持ち場を交換する。

今度はフォーゲルとラフィリアが馬に乗る。

午後、カールは御者の隣に座った。馬の調子を見ながら、精霊魔法使いとして実地で慣れるようにロヴェルから言われたのだ。

他の者達は、次の地点まで馬車の中で話し合いとなった。

「先にトルークをフェルフェドへ向かわせていたんだ。トルーク、頼む」

「御意」

トルークが懐から数枚の紙を取り出した。

「俺はフェルフェドへ入る前に、妙な男三人に声をかけられました。遠回しではありましたが、聞かれた内容はフェルフェドへ行く理由、滞在期間、そして黒い女の噂《うわさ》です」

「フェルフェドへ向かう者を調べているのか……？」

ロヴェルは怪訝な顔をする。世間話にしては、尋問されているような口調だったという。

「質問に答えつつ、黒い女の噂に関しては知らない振りをして聞き返しました。男達は黒い女の噂を理由に、フェルフェドへは行かない方がいいと申しておりました」

「……フェルフェドへ向かう者を牽制《けんせい》するのが目的か？」

顎《あご》に手を当てて、ロヴェルは考え込む。トルークは続けた。

「フェルフェドの領主は女の噂で参っているようです。何かあれば黒い女のせいだと騒ぎ出す者が増えてきたと。しかし最初の目撃情報の後、女を見た者はいない事が分かりました。後の噂は全て虚像のようです」

「え？　目撃情報が一回しかなかったのに、そんなに噂になっていて尚且《なお》つ行かない方がいいとまで言われているんですか？」

エレンの疑問に、ガディエルも頷《うなず》いた。

「黒い女の噂をわざとばらまいている者がいるとしか思えなかった。これで損をするのは、町の評判を下げられた領主とそこに住まう民しかいない。ジェフリー殿は領地を引き継いで日は浅いが町の住人からの評判も良好だ。彼の周辺も洗ったが、なかなかの善人だと思う」

「貶《おとし》める理由が分からないと……」

「ああ。まあ、だからこそ狙われた、とも言えるが……」

他《ほか》にもトルークは、最初の三人の後をつけたが撒《ま》かれてしまったことを話したり、黒い女を調べた現地の兵士達からの調書をロヴェルに渡した。

トルークを撒いたという事実だけで、相手は相当な手練《てだ》れだと分かる。

ロヴェルもエレンも、渡された調書を読みながら顎に手を当てて考え込んでいる。その格好は本当にそっくりで、ガディエルは微笑《ほほえ》ましさに思わず顔が綻《ほころ》んだ。

「何か？」

「いや、何でもないよ」

エレンはきょとんと首をかしげたが、ふとそのままの格好でロヴェルを見て、同じ格好をしていることに気付いた。

エレンはパッと手を顎から外し、何事も無かったかのようにロヴェルとは反対の方向をぷいっと見る。エレンの耳がほんのりと赤らむ。

（とーさまと同じ格好してた——！　わああ恥ずかしい！）

今度はロヴェルがそのままの格好でエレンを見て首をかしげているのだが、エレンはそっぽを向いているので気付かない。

「ふふ……くっ……」

またガディエルのツボが刺激されてしまった。どうにも笑いのツボが緩くなっているようだ。

「殿下、気持ちは分かりますが、集中して下さい」

「う……うむ、すまぬ」

ガディエルが咳払《せきばら》いを一つして、話を戻した。

「調書の通り目撃者の虚偽の線も洗ったが、同時に女を目撃した者は三人。内の一人が女が真っ黒だったと言った。女を見たのは領主の執事だ」

「虚偽というのは？」

「実はジェフリー殿からは養蜂《ようほう》の援助願いが出ていた。困った事態を作り上げて助けてもらおうとしているのかと思ったのだ」

確かにそう捉《とら》えられるのが普通だろう。

「偶然が重なり過ぎたのかもしれませんね」

「今回ばかりはそちらの方だったようだ。こういった判断はなかなか苦労するな」

そう言いつつも真実を見極めようとして奮闘している様子が見て取れた。

王太子も大変そうだとエレンが眺めていると、ふとガディエルが病ではないかと思って調査をしていたと言っていたのを思い出した。

黒い女という噂を聞いて、呪いとか災いと捉える前に伝染病だと考える王家の者達は、かなり現実主義者だと思った。

「黒い女の正体が、サウヴェルの元妻だと言ったわけだが……」

「何か分かったのですか？」

「養蜂場を管理している男が彼女の従兄《いとこ》だったのだ。ラフィリアの祖父母もそこにいるのは確認している。ヴァンクライフトから身を寄せた先がここだったのだろう」

「ラフィリアにその事はお伝えしたのですか？」

「いや、まだだ。先にロヴェル殿へと思ったからな」

「ありがとうございます」

ならば尚の事、黒い女の正体はアリアの可能性が高い。それが分かったはいいが、エレンは首をかしげていた。

「殿下、どうしてその男達がヘルグナーの者だと分かったのですか？」

「あ、これは……陛下からの情報なんだ。私の方でも裏を取ろうとしたのだが……」

「申し訳ございません。俺《おれ》では分かりませんでした」

トルークが謝罪する。そこまで聞いて、エレンは思わず苦笑した。

「試されてますねぇ」

「……うむ」

言い辛そうにしているガディエルは、恐らくラヴィスエルからこの問題を丸投げされたのだろう。

「そこも含めて腕を磨けという事なんでしょうね」

ロヴェルが肩をすくめた。あーやだやだ、とロヴェルが愚痴をこぼす。ラヴィスエルの話題が出て、嫌悪感が顔を出したようだ。

「黒い女がアリアさん、妙な男達が間者と仮定すれば、まあ簡単と言えば簡単なのかもしれませんね」

エレンの言葉に、ガディエルも頷いた。

「そうだ。関わっていると考えるのが普通だと思ったのだ」

「はい。トルークさんに聞いてきた男達は、テンバールの騎士達を警戒しているのかもしれません。自分達がアリアさんを捜している間に、余計な者達が来れば捜索できなくなりますから」

フェルフェドへと向かう外部の人間は、領主から依頼されてやって来た騎士の可能性が高い。男達はさしさわりのない話を振って、騎士かどうか確かめていたのだろう。

「なるほど。トルークに探りを入れていたのは騎士かどうか調べるためという事か」

「はい。騎士ならどこかへ誘導してその場で始末する事もできます。そうなるとかなり統率が取れていると考えるのが妥当でしょう。となれば、逃げやすいようにそこかしこに潜んでいる可能性が高くなります。一部隊を捕まえても、他に逃げられてしまう可能性が高いですね」

「そ、そうか……」

「分散している敵を一度に叩《たた》くか、一箇所にまとめる必要があると思います」

「む……」

エレンの提案に、ガディエルは最初こそ何やら唸《うな》っていたが、次第に眉尻《まゆじり》がどんどんと下がり、困った顔になっていった。

「す、すまない……私《わたし》はお手上げだ。何も策が思い浮かばない」

しゅんとしたガディエルが正直に話した。

「本当は、エレンに気付かれる前に私の手で解決したかったんだ……」

「殿下……」

ラヴィスエルに試されて、ガディエルは自らやれることをやろうとした。実はこの事件をエレンに知らせる前に終わらせようと思えば、ガディエルはできたのだ。

あえてそれをせず、回避する方法を模索していたのだとエレンはすぐに分かった。

昔、エレン達がヴァンクライフト家に戻ってきたばかりの頃、アリアはロヴェルに横恋慕をしようとして、エレンに諌《いさ》められたことがある。

サウヴェルとアリアの結婚式で、アリアは双女神から警告を受けた。ロヴェルが怒り、家に戻らないと宣言したことで、ラヴィスエルは国から戦力を削《そ》ぐ可能性のあるアリアを処分するだろうと先を読んだのだ。

あの時と同じようにアリアがヘルグナーへと渡れば、秘密裏にラフィリアに接触してくるに決まっている。

そうなれば、テンバールの騎士団長をしているサウヴェルが黙っていない。すぐにテンバールとヘルグナーは冷戦状態から戦争へと舵《かじ》を切るだろう。

「殿下は、やろうと思えばできたはずの事を回避するために、奔走して下さったのですね」

「……エレン、どうしてそれを」

「アリアさんを秘密裏に殺害すれば簡単に終わることでした。でも、殿下はそれを避けるために、私達に知らせて下さったのです」

「……ああ。すまない。私の力が足りないばかりに──」

「殿下、違います。私は教えて下さって嬉《うれ》しかったです」

「エレン……？」

「私との約束、守ろうとして下さったのでしょう？」

「あ……う、うん……」

エレンとガディエルは、昔約束している。

『無理矢理に私達と関わろうとするのは止めて下さい。……でしたらお話は聞きましょう』と──。

元はラフィリアの母親とは言え、アリアに手を下すのはいけないとガディエルは思った。

「陛下は確かに殿下の腕を磨くために、この事件をお任せになったのでしょう」

「ああ」

「ですが、調べるにしろ、解決するにしろ、やり方はいくらでもあると思うんです」

「え……？」

「陛下は独自に調べた内容を殿下に知らせずに問題を課したと思いますが、殿下は陛下と交渉をして、その情報を聞き出すという方法もありました」

「あっ……！」

「私達の力を使えば、ラフィリアが誘拐された時のように情報はすぐ集まると思います。だけど、そういう交渉を学んで欲しいというのも、陛下のお気持ちかもしれません。そして、気付いてくれるように……」

だから情報交渉を持ちかけなかったガディエルに、ラヴィスエルは次の手として「ヴァンクライフト領へ先に行け」と言ったのだ。

「エレンはそこまで分かるのか……」

ラヴィスエルの言葉の意味がようやく理解できたようで、ガディエルは天を仰いだ。

「でも、一つの行動から信頼を得れば、次に繋《つな》がると私に教えて下さったのは殿下ですよ」

「え……？」

「そして、それを証明して下さいました」

エレンはガディエルを見て、嬉しそうに微笑んでいる。

「約束を守って下さってありがとうございます。だから、私も約束を守ります」

お話を聞きましょう——と、ガディエルを手伝うとエレンは申し出たのだ。

「————ッ！」

ガディエルの顔が一気に赤くなる。ずっと夢見ていた何かが今、叶《かな》った気がした。

失っていた信頼を、今目の前で勝ち取ったのだ。

「ちょっと待て」

しかし、ロヴェルの地を這《は》うような低い声に、エレンとガディエルは我に返った。

「いつの間に二人は会ったんだい？」

殺気を滲《にじ》ませたロヴェルに、エレンとガディエルは真っ青になった。

さらに、カイまで不穏な空気を周囲に漂わせている。

「エレン様……いつの間に殿下とそのような約束を？」

「あ、えーっと……」

あの時はこっそり会いに行ったのだ。そんな事がバレればただでは済まない。

——主にガディエルが、である。

「ひ、秘密ですっ！」

慌てながらエレンは隠そうとしたが、この言葉は逆効果だったらしい。ロヴェルとカイは青ざめてショックを受けた顔をした。

「良かったですねぇ～。殿下」

ラーベがニヤニヤしながら言うと、ガディエルの顔はさらに赤くなる。

「無粋だぞ！」

ラーベを一睨《にら》みして視線を戻すが、ロヴェルとカイがどす黒い感情をにじませた顔をしてガディエルを睨んでいた。

「あ～～……殿下、お一人では行動なさらないで下さいね……」

「わ、分かった……」

サーッと青ざめるガディエル達。このままでは作戦会議どころではなくなってしまう。エレンも焦りながら何とか話を戻そうとした。

「そ、そんな訳なので、殿下は目の前にいる私達をもっと頼るべきだと言いたかったんですっ！」

「う、うむ」

「それで、現地の情報集めなんですが……」

「何か策があるだろうか？」

「ヴァン君に声を集めてもらうことはできるんですが、建物内だと壁が邪魔をして拾えません。そこで……」

「そうか、カールか！」

「はい！　何よりアリアさんがいる場所は養蜂場。蜂《はち》達からも話が聞けると思います」

「何という巡り合わせだ。女神に感謝しなければ」

「え……あ、はい」

思わず言われた「女神」という言葉に、エレンはギクッとしてしまう。思わず挙動不審になってしまった。

この世界は女神信仰で、双女神を神として崇《あが》めているので「女神に感謝」「精霊に感謝」という言葉を使うのは一般的だ。

「女神の前に、エレンに感謝して下さい」

眉間《みけん》に皺《しわ》を寄せてじ――――っとガディエルを見続けているロヴェルが、低い声で言った。

「勿論《もちろん》だとも。エレンがいなかったらカールも精霊魔法使いになれなかったかもしれない。今、この場にエレンを始め、皆がいてくれる事に感謝する」

「はい」

ガディエルの労《ねぎら》いにエレンが返事をすると、ラーベやトルークも「勿体《もったい》ないお言葉です」と言って頭を下げた。


その後、細かい予定を立て、フェルフェドに入り次第すぐに実行に移すことになった。

「俺は流されていないからね。あとで少しお話ししようね、エレン」

にっこりと笑ったロヴェルの笑顔に、エレンは唇の端をひくつかせていた。

＊

日が暮れる前に一日目の拠点に着いたエレン達は、そのまま野営の準備をしていた。

アウストルとヴァンは周辺を見回り、獣などが来ないように威嚇してくると言う。

ロヴェルが周囲に結界を張ったりと、皆が忙しくしている間、エレンはぽつんと手持ちぶさたになっていた。

（何かすることないかなぁ……？）

キョロキョロと周囲を見回すが、皆テキパキと動いている。唯一ガディエルが同じ立場になっているかと思いきや、ガディエルも指示を出して自らテントを張っていた。

（うう……どこにいても邪魔になりそう……）

むしろこういう時にうろちょろすると周囲の気が散るのではないだろうかと、エレンは黙って馬車の縁に座って待つ事にした。

暇すぎてエレンの足がプラプラと揺れていると、そんなエレンに気付いたラフィリアが声をかけてくれた。

「エレン――！　暇――？」

「暇ぁ！　暇してるよ！」

声をかけて貰《もら》えた事が嬉しくて、エレンは馬車からぴょんと飛び降りた。ニコニコしながらラフィリアの元へ駆け寄ると、ラフィリアに笑われてしまった。

「ご飯作るんだけど、手伝ってくれない？」

「いいよ！　何をすればいい？」

「えっと……野菜を洗うのは泥まみれになっちゃうか。包丁扱える？　これをこうやって切って欲しいんだけど」

手本としてラフィリアがナイフを器用に使ってニンジンの皮を剝《む》き、乱切りにしていく。手慣れた手付きにエレンは目を輝かせていた。

「ラフィリア凄《すご》い！」

「そ、そう？　まあ慣れてるし」

食事処《どころ》の孫娘だったので、祖父母から料理は出来るようにと少しずつ教えられていたらしい。

「エレン、出来そう？」

「うん。でも包丁使わないかな？」

「え……？」

ラフィリアは首をかしげた。包丁を使わずしてどうやって切るというのか。

するとエレンは空中にぽいぽいとニンジンを放り投げ、空中でニンジンをスパパパパパパッと切る。ただ分解するだけなので、エレンにはお手の物だ。

「ええっ!?」

そのまま放物線を描いて落ちてくるニンジンの先にざるをパッと転移させ、そこに載る頃にはきちんと乱切りにされた状態のニンジンが山盛りになる。

エレンは用意された分のニンジンを一瞬で切り分けてしまった。ラフィリアはぽかーんとしていて目と口がまん丸に開きっぱなしだ。

「えへへ。これでいい？」

「え、ちょっと待って……何したの？」

「空中で切ったよ！」

「いや、うん……そうだね……？」

ラフィリアはどこか放心状態で返事をしていた。

「次は何をしたらいい？」

わくわくしているエレンに促され、ラフィリアは困った。

「えっと……芋を洗う水を樽《たる》に汲《く》んでくるから少し待っててくれる？」

「水がいるの？」

「うん」

「樽どこ？」

「あ、エレン、重いから……」

エレンは樽の蓋《ふた》を開け、空中の酸素と水素を結びつけて水を一気に樽の中に放出する。あっという間に樽は満杯になった。

「次はお芋洗うんだよね！　お芋！　お芋！」

エレンは、楽しくてたまらないという顔をしていた。

「…………芋はこれなんだけど」

ラフィリアはもう何も言うまいと思ったらしい。次の料理に使う芋を持ってきたラフィリアに、エレンは「そうだ！」と大きな声を出した。

「どうしたの？」

「空中に水を浮かせて……お芋をぽいっと！」

「え、ちょ、エレン!?　何してんの——!?」

樽いっぱいの水とは別に、空中に水の塊を出現させたエレンは、浮いている水の中に芋をぽいぽいと投げ入れた。

「ラフィリアも投げ入れてー！」

「え？　わ、分かった」

二人でぽいぽいと投げ入れていく中、エレンはへへへと笑いながら浮いている水に力を加えて回転させた。

ギュルルルルと水が渦を巻く。水流で芋を洗う作戦だ。途中で方向転換と洗濯機の羽をイメージしながら、芋を洗っていた。

「空中洗濯機〜〜！」

笑ってそんな事を言いながらエレンは力を使う。次は洗い終わった芋をニンジンと同じように切り分けた。

汚れた水は転移で川へと一気に放出させる。他《ほか》の野菜も同じように洗って切ってを繰り返していたら、順応の早いラフィリアは次第に楽しそうに水の中に野菜を投げ入れていた。

「エレン凄ーい！」

きゃっきゃと明るい女の子の声が響いているのに気付いた男性陣が、何やら楽しそうだと目線をエレン達に向けた。

すると見たこともない魔法を使っている二人がいる。あまりの光景に持っていた荷物を落とした者までいた。

楽しそうにはしているが、エレンの使う魔法の実態が色々とえぐいのが分かったのだろう。

「エレンのお陰ですっごい早かった！　ありがと！　後は任せて！」

腕まくりをしたラフィリアが自信満々に言った。

肉はヴァンが狩ってきた鳥が沢山ある。手慣れた様子で血抜きをして捌《さば》いていくラフィリアにエレンは感動していた。

ラフィリアはエレンと同じくまだ十三歳だ。その年齢で鳥を捌ける貴族の令嬢なんてラフィリアくらいじゃないだろうかと思ってしまった。

具だくさんのシチューと肉串《にくぐし》を作っていくラフィリアの手付きに、エレンは凄い凄いと称賛を送った。

肉串を見て、エレンはおねだりをした。

「ラフィリア、肉串いっぱい食べたいな～～」

「あら、嬉《うれ》しいけど大丈夫？　エレンはそんなに食べられないでしょう？」

「大丈夫！」

「エレンの大丈夫は大丈夫じゃないってお父さんが言ってたよ」

「えええ～!?　おじさま酷《ひど》い！」

とは言いつつも、沢山迷惑をかけているのは事実なので、エレンは内心で反省していた。

そんな話をしながら後は煮詰めて焼くだけという段階で、男性陣も集まってきた。

「ああ～～美味そうな匂いがする～～腹減った――」

「カール、あんたちゃんと仕事したんでしょうね？」

「はあああ？　しました～～俺《おれ》は頑張りました～～！」

「ふーん」

二人は言い合いをしつつ、何だかんだと息が合っている。

その様子を見ていたエレンは、次第にニヤニヤしていたらしい。

「エレン、お顔が崩れているよ」

戻ってきたロヴェルに指摘されて、エレンはキリッと表情を引き締めておすましをした。

「何の事でしょう？」

「も～～ほんとに分かりやすいんだから」

ロヴェルに笑われながら、片方の頬《ほお》をツンツンと人差し指で突《つつ》かれる。

ロヴェルの膝《ひざ》に座らされてホールドされると、エレンは逃げるチャンスを失った。

「で？　いつ殿下の所に行ったのかな？」

軽い調子の声が頭上から降りかかる。サッと青ざめたエレンだったが、転移で逃げようとしたら結界を施されていて逃げられないことに気付いた。

「ふっふっふっ。逃がさないぞ〜〜」

(怖い怖い。とーさまが怖い)

下手に取り繕うよりも、軽く流した方が賢明かもしれないと、エレンは正直に言うことにした。

「ラフィリアが誘拐された後……ですね。私達に無理矢理関わろうとするのを止《や》めて欲しいと忠告……お願いしました。それからは一度もお会いしていません」

「もう……どうしてそう一人で行動するの」

「ごめんなさい……」

頭の上にずしりと重みが増す。ぎゅううと抱きしめられて溜息《ためいき》を吐《つ》かれた。

「エレンは女神の力に目覚めたばかりで体調もまだ不安定だ。力を使い過ぎてはいけないし、絶対に一人になってはいけないよ」

「はい。……ごめんなさい」

「いいよ。反省しているなら」

ロヴェルに頭を優しく撫《な》でられた。髪を梳《す》くように撫でられるのが心地よい。安心しきって身を委ねていると、料理を作り終わったラフィリアが「ご飯だよ〜〜!」と叫んだ。

取り分けられたシチューや肉串の香ばしい香りが食欲をそそる。トレイに切り分けられたパンにジャムを付けて食べたり、添えられたサラダにレモンを振りかけたりと、各々が賑《にぎ》やかに食事をしていた。

「うっま〜〜！」

カールはリスのように両頬を膨らませている。カールの言葉に頷《うなず》きながらラーベ達も舌鼓を打っていた。

「当然でしょ！」

ラフィリアは自信満々に言い放った。

「ラフィリア様の意外な特技を見た気がします」

「意外って何よ！　あんたほんっとムカつく！」

カイの言葉にラフィリアが怒った。怒るラフィリアを見たカイは、心底心外だとばかりに言った。

「褒めてます」

「嬉しくない！」

そんな表情で言われたところで褒められた気がしないとラフィリアが怒っていると、カイがぼそりと「日頃の行いが……」と眉間《みけん》に皺《しわ》を寄せて言った。

それらをニヤニヤしながら見ていたカールが調子に乗った。

「や〜い、カイ先輩に言われてやんの〜〜！」

「あんた達、食べなくていいわよ」

優しさが溢《あふ》れんばかりの笑顔になったラフィリアを見て、カイとカールはこれはやばいと瞬時に謝った。

「すいませんでした」

そこはハモる二人だったが、ラフィリアは「心がこもってないわよ！」と叫んでいる。

「可愛《かわい》い女の子が作ってくれた料理がとっても美味しいって、心まで癒《い》やされますね～～」

見習い達がワイワイしている様子を眺めながら、ラーベがそんな事をしみじみと言っていた。ラーベの周囲は男所帯だからか、心から言っているのが滲《にじ》み出ていた。

それを耳にしたラフィリアは聞こえない風にしているが、照れて赤くなっていた。

トルークが毒味をしたものがガディエルに渡る。ガディエルもラフィリアが作ったと聞いて驚いていた。

「エレンも手伝ってくれたわよ。ほんっと凄かったんだから！」

「えへへ」

ラフィリアが褒めてくれるのが嬉しい。微笑《ほほえ》ましい女の子達の様子に癒やされる場面ではあるのだが、男性陣はエレンが使っていた魔法を思い出して少し青ざめている事にエレン達は気付かない。

肉串を持ったエレンに向かって、ロヴェルがあーんと口を開けて待っていた。エレンはロヴェルの口に入れる入れないを繰り返しながら言った。

「とーさま、かーさまを喚《よ》んだ方がいいと思いますよ」

「え？」

「今頃、いや〜ん！　肉串〜〜！　って言っているかと……」

「ああ、そういえば……」

昔、露店で買った肉串を食べていたロヴェルとエレンを見て、「わたくしも肉串が食べたいわ〜！」と連呼された事がある。

「オーリ、おいで」

ロヴェルが喚ぶと、オリジンが嬉しそうに現れた。

「きゃあああ肉串よ〜〜！」

想像通りに開口一番、そう言ったオリジンに笑ってしまう。ラフィリアに肉串を分けて欲しいとお願いすると、「エレンのお願いってこれの事だったのね」と笑われてしまった。

仲睦《なかむつ》まじく、ロヴェルからの「肉串あーん」にオリジンが喜んでいた。

「これ、うまいじゃねーか」

いつの間に現れたのか、人化したアウストルとヴァンが肉串をばくばくと食べている。人化しているのは、獣化していると一気に食べてしまうからだそうだ。

それでもあっという間になくなっていく肉串にラフィリアが驚いた。

「ラフィリアー！　次に焼く肉串に甘ダレ付けて焼いてみない？」

先程までは塩とレモンで味付けしたものだった。「いいね！」とラフィリアがエレンの案を試す。容器に分けて入れてあった甘ダレをかけてから焼いてみると、焼いた瞬間に香ばしい匂いが立ちこめた。

この香りに周囲の目が一箇所に集まった。かなり心待ちにしている期待のまなざしがラフィリアに集中している。

「肉串、足りないかも……」

「もうお肉がないよー」

エレンがそう言うと、一気に落胆の気配が周りに満ちた。すると意外な者達の声が上がった。

「我が狩ってきまする！」

「アタシに任せな！」

武闘派の精霊組が立ち上がり、サッと消えた。きょとんとしたエレンとラフィリアは、お互いに顔を見合わせて笑い出す。

「追加準備しとこっか」

「血抜きに時間がかからない？　重力操作できれば早いんだけどなぁ」

「あら、なら使える精霊を喚びましょ」

オリジンまで参戦だ。足りない材料はロヴェルが転移して買ってきて、かくしてこの後は肉串パーティーとなった。

第三十四話　迷う心

順調にフェルフェドへ向かっていた一行だったが、二日目にそれは起こった。

途中にある村の宿へと着いた瞬間、こちらの様子を覗《うかが》いながら話をしにきた男がいたのだ。

トルークが言っていた男達と特徴が一致していた。側《そば》にいたラフィリアの姿を見た男達は、警戒を緩めた顔で話しかけてきたのだ。ヴァンとトルークが男達の情報を集めに奔走する。

だいぶ力の使い方に慣れたカールもラシオンを使って鳥や虫達に聞いていく。

時刻はまだ、昼を過ぎたばかりで明るいのにもかかわらず、男達から接触があってはならないと、ロヴェルが宿の部屋に結界を施し、情報を集めるまではエレンとラフィリアは一足早く宿で待機となった。

ラフィリアの部屋はアウストルも泊まれるように二人部屋だ。そこにエレンとラフィリア、そしてアウストルが二人の護衛として控え、ロヴェル達の帰りを待つ。

男性陣が出払っている間、今の内だとエレンは気になっていた事をラフィリアに聞くことにした。

フェルフェドへと近付くにつれ、ラフィリアの元気が無くなっている事に気付いたのだ。

アウストルは入り口の側の壁に寄りかかって耳を澄ませている。ヴァンからの念話や風の魔法を使って周囲の状況を拾っていた。

ベッドに腰掛けて窓から外を覗《のぞ》くラフィリアに、エレンが声をかけた。

「ラフィリア、ちょっといい？」

「どうしたの？」

「あ――……あのね、フェルフェドに近付くにつれて、元気が無いなって思って……」

「あ……うん……ごめんね」

ラフィリアが俯《うつむ》いた。フェルフェドにいるアリアの事を考えていたのだろう。

「お父さんに啖呵《たんか》切って出てきたのに……近付いてくると不安になっちゃって。ダメだなぁ……」

「……怖い？」

「うん……」

アリアは断罪の後、いつの間にかいなくなっていた。アミエルの策略によって、噂《うわさ》をばらまかれ、ヴァンクライフトの街に居づらくなってしまったのだという。

最後に見たアリアの実家だった食事処《どころ》は酷《ひど》く荒らされていた。その店内の様子にラフィリアは祖父母達の事も含めて安否を心配していた事にエレンは気付いていた。

「お父さんに言われたの。切れた相手だろうと敵に利用される事は多々あるって。この家は皆家族思いだから……お母さんはそれで狙われたんだろうって……」

「そっか……」

「貴族と結婚するってそういう事なんだって言われたわ。私もお母さんも、その覚悟なんて無くて好き勝手やってたし、だから自業自得なんだって思ってる。だけど、いざお母さんが狙われてるって聞いた時……動揺しちゃった」

「ラフィリア……それは当たり前だよ。狙われたりしたら誰《だれ》だって怖いもの」

「でも貴族って、こういう時に割り切るんでしょう？　優先するべきものが違うもの。動揺するって事は、私、覚悟が足りないんだって思って……」

「引導を渡すってそういう意味で言ってたんだね」

「うん。でも、何故かお母さんがいる所に近付くにつれて怖いって気持ちが出てきて……これ、覚悟とちょっと違うって気付いて……」

どんどん細くなっていくラフィリアの声に、エレンは胸を打たれた。

エレンがラフィリアを抱きしめると、ラフィリアも縋《すが》り付くようにエレンに抱きついた。

「アリアさんに心無い事を言われるのが怖いのね」

エレンの指摘に、ラフィリアはぶわりと涙をにじませた。

ラフィリアから嗚咽《おえつ》がこぼれる。エレンの肩の辺りが濡《ぬ》れていく。エレンはラフィリアの背中を優しく擦《さす》っていた。

ラフィリアはあの断罪まで、アリアをずっと信じていたのだ。

ラフィリアはエレンに抱きついたまま、静かに泣き続けた。エレンも黙ってラフィリアの背中を擦っている。

アウストルは珍しそうにエレン達を見ていたが、口は挟まずにそっとしておいてくれた。

しばらくして落ちついたラフィリアが、ごめんと言いながらエレンから離れた。

「……むしろ酷い事言われた方が、スッキリするのかな」

赤くなった目元を擦《こす》りながら、ラフィリアはそんな事を呟《つぶや》いた。

「というか、自分から何か言ってやろうって思ったりはしないの？」

「うーん……最初は色々言ってやろうって考えてたんだけど、どんどん出てこなくなっちゃって……」

「そう……」

しんみりした空気に耐えられなくなったのか、置いてけぼりだったアウストルが口を開いた。

「あんた母親と仲が悪いのかい？」

ラフィリアとエレンはお互い顔を見合わせた。ラフィリアが簡単にこれまでの経緯を話す。

「なんて奴だ……！」

アウストルは激怒した。

「そんな奴、アタシがねじ切ってやるよ！」

「わ――！　待って待って！　ダメですアウストル!!」

ねじ切る!?　とラフィリアの顔がぎょっとしている。

「あんたちょっと優し過ぎるんじゃないか？　怒ってやるくらいで丁度良《い》いって。あ、でもそこまでクズなら怒るだけ無駄な気もするな！」

「アウストル、ちょっと黙りましょう」

怒るエレンに、アウストルは「姫さんがアタシに怒ったぞ！」と言って面白そうに笑っていた。

「あとそれはあれだ。あんたの母親は物としてあんたを見ていたんだろう」

「……モノ？」

「そうだ。自分の物だから何しても自分の思い通りになるって思ってんだ。それはあんただけじゃなくて、旦那《だんな》とかもそうだったんだろう。お気に入りを集めるみたいに男を集めんだよ。男だって多いだろ、そういう奴」

「お父さんも……」

「逆に子供に依存し過ぎる親もいるさ。姫さんの親父みたいにな」

「あ――……」

それを聞いたエレンは、疲れて魂が抜けたようになっている。

「アタシはどちらかといえば放置だな。チビをおちょくるのは楽しいけど」

「チビ？」

「ヴァン君の事だよ」

「アイツの事チビって言ってんだ……」

「ヴァン君よく怒ってるよ。我はチビではありませんぞー！　って」

エレンがヴァンの物まねをすると、アウストルが大笑いした。

「家族ってのはみんな違うのさ。他人が口を出そうが関係ねーよ。あんたがどう思って、どう行動するかが全《すべ》てさ」

「私《わたし》が……？」

「でもな、泣くほど思い詰めるのはいかん。どんだけこっちが気にしてようと、向こうは気にしてなかったりするからな。諦《あきら》めってのも大事さ」

「…………」

「ああ～でも、自分で言ってて耳にいてーな！　アタシも戦ってばっかいるから、子供がいるくせに容赦ないとか言われるんだよ。あーうっせーうっせーって思ってっからな！　そんなもんよ」

「アウストルは気にしな過ぎでは？」

「姫さんもそんな事を言うのか⁉」

「……ふふっ」

二人のやりとりを見ていたラフィリアから笑い声がもれて、エレンは少しホッとした。

「……子供の事、気にしたりしないの？」

ラフィリアからの質問に、アウストルは意外そうな顔をした。

「アタシかい？」

「うん」

「アタシよりもあいつのがうっとーしいから、これで丁度良いって思ってっかな？　姫さんの親父と張るくらいうっとーしいんだぜ」

「え……」

「本当だよ。私もこの間知って吃驚《びっくり》したもの。ヴァン君のとーさまは、ヴァン君の事を、ヴァンたーん！　って呼んでる。あとね、アウストルの事すっごく愛してても う凄《すご》いの！」

「あああ姫さん!?　ちょ、やめような!?」

慌てるアウストルは赤くなっている。照れているアウストルを見られてエレンはニヤリと笑った。

「姫さん、そういう所はロヴェルそっくりだな!?」

「へへへ」

微笑ましいやり取りを見ていたラフィリアからは、「そっか……」と、どこか諦めが滲《にじ》み出ていた。

「言いたい事があるなら全部ぶちまけな。自分だけが我慢するなんて癪《しゃく》だろ？」

「え……？」

「まあ、そういう奴は言った所でわかんねーだろうからどーにもなんねーんだけど、言うとな、結構スッキリするからよ。そっちの方があんたには大事だろ」

ニヤッと笑ったアウストルに、ラフィリアは目を瞬《またた》いている。

「あとな、またあんたを泣かすようならアタシがぶん殴ってやっから、もう泣くな」

不敵に笑うアウストルは、ホラホラと筋肉を見せびらかしてきた。その腕と拳《こぶし》で殴られたら死ぬのではないかと思った瞬間、ラフィリアは自分の心が軽くなっているのに気付く。

「殴るんだったら私、自分で殴るわ。これでも訓練を受けているから自信あるの」

「おっ！　いいねぇ。その意気だよ」

何やら物騒になってきたとエレンが慌てていると、ラフィリアはどこか吹っ切れた顔をしていた。

「ありがとう」

ラフィリアの目元は赤いままではあったが、話す前の暗さはどこかに消えていた。

憂いが晴れたわけではないが、心強い存在が近くにいる。それだけでラフィリアは嬉《うれ》しかった。

エレンがまたラフィリアに抱きつくと、ラフィリアは嬉しそうにエレンの背中に手を回した。

第三十五話　作戦

戻ってきたヴァンとトルークの情報をまとめて、男達の潜伏先を大体把握した。後はフェルフェドに待機している者達の潜伏先を洗い、まとめて捕獲しようと計画を立てている最中だ。

御者とカールだけがこの場にいない。

「フェルフェドに潜伏している者達はどうやって誘《おび》き寄せればいいのだろうか？」

皆が考え込んでいると、自然とアリアを囮《おとり》にするしかないという話になっていった。

「俺達の存在に気付けば、あの女は引きこもるだろう」

囮以前の問題だとロヴェルが忌々しそうに言った。未だ頑《かたく》なにアリアの名前を口にしないので、相当嫌っているようだ。

「では先にジェフリー殿の所へ行こう。どの道、蜜蠟《みつろう》の取引を持ちかけたい。ジェフリー殿に協力を申し出て、保護を申し込むこともできるだろう」

どんどん話が進んでいる中、エレンは何かずっと考え込んでいた。

（どうしてヘルグナーの男達は一度しか目撃されていない黒い女の噂をわざと広げていたの……？）

この一点だけが納得がいかない。

（騎士を誘き寄せる罠《わな》だとしても、自分達の都合の悪い方向にしかいかないわ）

悪い噂を撒《ま》いてフェルフェド伯を陥れても、利得があるように思えない。悪い噂が出れば出るほど、フェルフェド伯は究明する必要が出て確認に乗り出すだろう。

フェルフェド伯とヘルグナーの関与も考えたが、養蜂場の援助を願い出ているのはテンバールだ。ヘルグナーと繋《つな》がっているなら、ヘルグナーに頼むだろう。

（それとも騎士をわざと誘き寄せて、アリアさんを引っ張り出そうとしている……？）

敢《あ》えてアリアを狙っているということは、前もってヴァンクライフト家の事情を事細かく調べ尽くしているのだろう。

（……待って、もしかして本当に騎士が狙い？）

「……というわけで、……エレン、聞いてる？」

「まずいかもしれません……」

「え、どうしたんだい？」

「先程の町で男達は私達の顔を見ましたか？」

「エレン様の顔は見ていないと思います。子供がいるとは言っていましたが……ああ、ラフィリア様は目が合っていましたね」

「あ、はい。笑いかけられました」

フォーゲルとラフィリアがそんな事を思い出しながら話していると、エレンは青くなっていた。

「違う……アリアさんが目的なんじゃない」

「どうしたの、エレン」

「ラフィリアです、とーさま」

「え？」

「ヘルグナーの者達は、最初からラフィリアを狙ってたんです」

「わ、私……？」

エレンの言葉にラフィリアの声が震える。ロヴェルが一呼吸置いて、その理由を聞いた。

「エレン、その根拠は？」

アリアの噂《うわさ》を聞いて拉致《らち》するために動いていると思っていたが、エレンは自分が抱いた違和感を話した。

「確かにそうだが……」

「ヘルグナーの者達からしてみれば、アリアさんではどうしても弱いんです。狙うべきはヴァンクライフト家の者。おじさまや私達が激怒する相手を誘き寄せるために、最初からアリアさんは餌《えさ》にされていたんです」

「まさか！」

「アリアさんだけじゃない。ラフィリアからしてみれば、祖父母だって人質になり得ます。王都から騎士を、ヴァンクライフトの者を呼び寄せるには、この町では対処できないと思わせる必要があります。だったら不可解で不穏な噂の方が効果があるでしょう。その方法として、縁が近いアリアさんが選ばれたんです」

「ではもう……？」

「はい。恐らくアリアさんは捕まっている可能性が高いです」

エレンの言葉に、周囲は息を呑《の》んだ。エレンの言う事が事実ならば、一刻を争う事態だ。

「ではどうして接触して来ない？　取引材料が手元にあるんだろう？」

「私達の顔は見られていると先程仰《おつしや》いました。髪色が目立つとーさまが目撃されたと仮定すれば納得できます。とーさまがとにかく嫌っている相手なので、取引材料にしたところで、とーさまが相手にすると思えないのでしょう。取引相手にするならば、ラフィリアを愛しているおじさまだわ」

「む……確かに俺《おれ》相手では弱いな」

考え込むロヴェルは、ふと何かに気付いたように言った。

「そういえば俺の所に来る前に陛下がヘルグナーの情報を持っていたと言っていましたね。殿下、どうしてあの女を先に消さずに我々に教えたのですか？」

双女神の怒りを買ってしまったアリアは、双女神信仰の強い教会に入る事すらできない。

世間にこのことが知られれば、神の怒りを買った者として処刑される可能性が高いだろう。

サウヴェルやロヴェルの耳に入る前にアリアを処分してしまえば、このような面倒は避けられたはずだ。

ロヴェルの質問にガディエルが答える前に、ラフィリアが口を挟んだ。

「消すって……どういうこと？」

「あの、ラフィリア……」

敢えてラフィリアには言わずにいたのに、ロヴェルが暴露してしまった。

「一番手っ取り早い方法は、黒い女の正体を暴き、ヘルグナーに奪われる前に秘密裏に消すことだった」

「そんな……」

これでもかと目を見開いたラフィリアに、ガディエルは淡々と言った。

「戦争を回避するため、多少の犠牲は厭《いと》わない。それが我々の選択だ」

「優先、するべきもの……」

「そうだ」

「…………」

ガディエルは全てを受け止める覚悟をしている目をしていた。これが王族としての責務なのだと物語っていて、ラフィリアの覚悟とは雲泥の差だ。

甘くない現実に黙り込んだラフィリアに、エレンは言わずにはいられなかった。

「ラフィリア聞いて。殿下はその手段を回避するために、私達に黒い女の噂を教えてくれたの」

「え……？」

「私は以前、殿下と約束していたわ。私の家族に無理矢理関わらないでって。その代わり話を聞くからって。殿下は私達の家族を助けるために、ちゃんと事実を話してくれたの」

「………」

「アリアさんを助けるために話してくれたのよ。ラフィリア、ちゃんと見て。私達はアリアさんを、ラフィリアの家族を助けるために今ここにいるの」

ラフィリアはエレンの言葉にハッとして周囲を見回した。誰《だれ》もがラフィリアを見ていて、ガディエルを始め、誰もが静かに頷《うなず》いている。

「助ける……うん。ありがとう、ガディエル……殿下」

「……ああ」

動揺してしまったラフィリアだったが、皆の顔を見て落ちついたようだ。「話の腰を折ってごめんなさい」と頭を下げた。

エレンはロヴェルの方を一睨《にら》みするのを忘れない。ロヴェルは当然の事を言ったのだと飄々《ひょうひょう》としている。

「私は思う。確かにその方法は手っ取り早いが……民一人救えないでそのような事を言う資格があるのかと」

「殿下……」

ラーベ達が感激していた。見守っていた心優しい弟が、大人の顔をしている。ガディエルの成長が間近で見られてとても嬉しそうだ。

「どれだけ甘いかなど分かっている。だが、諦《あきら》めずに最後まで足掻《あが》きたいんだ。どうか皆の力を貸して欲しい」

護衛達は「もちろんです」と頭を下げ、エレンも頷いた。

ガディエルの言葉で、先程とは打って変わって俄然《がぜん》周囲にやる気が満ちた。一気に緊張感が高まった気がした。

ガディエルがエレンに「では続きを」と促してくれた。

「男達の目的はヴァンクライフトもそうですが、それよりもテンバールの騎士だったのだと推測しました」

ヴァンクライフト領へと直接狙いに来ないのは、領自体がすでに強固な要塞《ようさい》と化しているからだろう。

さらに治療院も名高い。サウヴェルへの襲撃が成功したとしても、助けられてしまう。

敵を狭い所へ誘い込み、身動きを取れなくしてから少しずつ、そして確実に叩《たた》く。そういう手段を取ろうとしたに違いない。

「調査に行った騎士が次々と行方《ゆくえ》不明になれば、どんどん上へと話が通って目的の人物が出てくる可能性が高くなります」

「ふむ」

「ヴァンクラフト家にとって黒い女の正体など想像にかたくない。本人確認のために……おじさまは身内を出さざるを得なくなる。自分自身か、もしくはラフィリアを」

そこまで言うと、ガディエル達は重い溜息《ためいき》を吐《つ》いていた。

「ヘルグナーはそれほどまでに戦争がしたいのか……」

隣の国のヘルグナーとテンバールは、元は一つの国だった。テンバールの始祖が、袂《たもと》を分かった相手だ。

女神信仰が強いこの世界で、ヘルグナーは独特の精霊信仰を持っている。始祖が袂を分かった相手だからこそ、二つの国はとても折り合いが悪かった。

テンバールの王族が精霊から呪われていると発覚した時は、始祖を同じくするという面でもヘルグナーは我慢ならなかったのだろう。

実はこの時、水面下で戦争が起きそうになっていた。それが表に出なかったのは、偏《ひとえ》にロヴェルの存在があったからだった。

テンバール王家は精霊に呪われていようとも、大精霊と契約したロヴェルという存在がいる。それが抑止力となっていた。

だからこそラヴィスエルは、ロヴェルを、ヴァンクライフト家を重要視していた。

だが裏を返せば、ロヴェルを叩ければ一気に逆転するという事でもある。ヴァンクライフトの弱みとなる女や子供を狙う卑劣なやり方にガディエルが憤った。

「なんと卑劣な……絶対に許してはならない」

拳《こぶし》を握るガディエルに、皆が頷いた。

「囮《おとり》なら私がやるわ」

「ラフィリア！」

エレンがラフィリアの前に出ようとしたのをロヴェルが抱き留めて制する。肩を押さえられてそれ以上動けなかった。

「ダメ、ダメだよ！　危ないよ！」

「ありがと、エレン。でも私、これでも騎士見習いなの。これくらいの事、今さら怖がってなんかいられない」

「ラフィリア……。じゃあ私も一緒にやる！」

転移ですぐに逃げられるよ！　と言うが、すぐに皆からダメだと否定された。

「エレンは目立ちすぎるでしょ。むしろこんな子が一人でいることの方が不自然じゃない？」

「ううう……でも！」

ラフィリアの指摘に反論できない。そんな事よりもロヴェルが黙っていない。

それにエレンを囮にするなど、逆に男達を警戒させるだけだ。

「私を狙うって事はお母さんだけじゃなくて、お父さんも狙ってるんでしょ。絶対にそんな事させないんだから」

ラフィリアから殺気がぶわりと吹き出る。誰もが目を見張った。ラフィリアは決意しながら笑っていたのだ。

「……間違いなくヴァンクライフト家だな」

苦笑するガディエルは、ラフィリアの二つ名が生まれそうな予感がすると怖い事を言っている。

「エレン、ラフィリアを信じよう」

「殿下……」

「ありがと、ガディス」

「……分かった。危なくなったらすぐに助けるからね！　絶対に無理しないでね！」

「うん。任せて！」

「ではフェルフェドに到着次第、領主の所へ行く。その間にカール達に情報収集を頼みたい。ロヴェル殿、その辺りの指揮をお願いしても構わないか？」

「いいでしょう」

「殿下、人質を盾にされた場合は如何《いかが》なさいますか？」

フォーゲルの言葉に、ロヴェルが「仕方ないな」と呟《つぶや》いた。

「俺が結界を張りましょう。気にせずに暴れてくれ」

大した問題ではないとすぐに解決策を示されて、ガディエルは嬉《うれ》しそうだ。

「ヴァンクライフト家の力が借りられることが、これほどまでに心強いとは。有り難い。それでは皆、頼んだぞ！」

「はい！」

ガディエルの言葉に、一同が頷いた。

第三十六話　フェルフェド領

フェルフェドは小さな町で、のどかという言葉が似合う。露店に並ぶのは色鮮やかな果実。ハチミツと一緒に煮詰めたジャムの瓶なども並んでいるのが特に目を引いた。

エレンは全て終わったらお土産に買って帰りたいと心の中で思う。

炭を売っている店も多かった。森に囲まれているので、それらを扱う店が多いのだろう。

エレン達が乗った馬車は、大きさも相まって物珍しいらしく、大注目を浴びていた。

「目立たない馬車を用意したつもりだがここでは悪目立ちしている。さっさと行動してしまおう」

ロヴェルの言葉に皆が頷いた。今回ばかりはヴァンクライフトが発展し過ぎているのが仇《あだ》となった。地方では大きな馬車すらも珍しいのが当たり前だったのだ。

「宿に馬車を預けたら領主の所へ行くぞ。それではロヴェル殿、後は宜《よろ》しく頼む」

「分かりました」

ガディエルの言葉にロヴェルが頷く。ガディエルとロヴェルの二手に分かれて、先にガディエルと護衛達がフェルフェド伯の元へと向かっていった。

「ヴァン、カール、準備はいいか？」

「御意」

「了解です！」

ヴァンとカールは手はず通りに精霊と協力して情報を集め出す。集中するため、別の場所へと移動した彼等《かれら》を見送り、ロヴェルはカイとラフィリアに向き直った。

「ラフィリアとアウストルは一緒に行動してくれ。ああ、アウストルは姿を消してくれ。お前の姿は異常に目立つからな」

「仕方ないね」

そう言ってアウストルは姿を消した。

「エレン、ヴァン達が集めた情報を念話で俺《おれ》に教えてくれるかい？」

「はい」

「カイはエレンの護衛だ。分かっているな」

「勿論《もちろん》です」

絶対にエレンから目を離すなというロヴェルの無言の圧力に、カイが頷いた。

「殿下がフェルフェド伯を連れてくる前に片を付けてしまおう。ラフィリア、準備はいいな？」

「まかせて」

さっさと終わらせて帰るぞ、とロヴェルが言った。

＊

馬に乗ったラフィリアは、一人で養蜂場《ようほう》へと向かっていた。

するとは急に目の前を何かが通り過ぎた。ラフィリアの動体視力がそれを捉《とら》え、すぐに手綱を引いた。馬が驚いて嘶《いなな》く。

止まった馬の前に男が二人出てきた。茂る木々の陰に隠れていたのだろう。真っ昼間に顔を隠した男達は非常に目立つが、薄暗い森の中ではそれも半減している。

町から離れた場所にある養蜂場という場所は、彼等にとっても都合がよかった。

「……誰《だれ》、あんた達」

ラフィリアは物怖《ものお》じ一つしていない。口元を布で隠している男が、くぐもった声で「ラフィリア・ヴァンクライフトだな」と聞いた。

「だったら何？」

「一緒に来てもらう」

「断ったら？」

「お前の母親が死ぬだけさ」

「……いいわよ」

ラフィリアが馬から下りると、男はすぐにラフィリアを後ろ手に縛って拘束した。もう一人が馬の手綱を引き受ける。

「他《ほか》の者達はどうした？」

「領主様の所に用があるって行っちゃったわよ。私《わたし》は知り合いの家が近くにあるから別行動を許してもらって挨拶《あいさつ》に行くとこだったの」

「お前を一人で行動させているのか？」

「そうよ。うちのお母さん、皆に嫌われてるから仕方ないのよ」

「…………まあいい、行くぞ」

男達はお互いに目配せしてラフィリアと馬を足早に連れて行く。

森を抜けた先の開けた場所に建つ家の前まで来ると、見張りと思《おぼ》しき男がいた。

ラフィリアの肩を押して家の中へと誘導する。家の中は真っ暗で、冬とはいえ異様に寒かった。

外に一人、家の中に二人。ラフィリアはサッと家の中を確認する。薄暗い部屋の隅に、身を寄せ合って怯《おび》える四人の影が見えた。

「感動の再会だな」

男が笑った。その声に顔を上げた一人が、ラフィリアの姿を見て驚いた。

「ラ、ラフィリアなの……？」

呆然《ぼうぜん》とする声は祖母のものだ。座った状態で壁に寄りかかり、手足がだらんと伸びた体格の良い男がのそりと顔を上げると、ラフィリアを見て声を上げた。

「なぜここに……⁉　に、逃げるんだ……！」

祖父の声だ。身体《からだ》を動かそうとしたのか呻《うめ》き声が上がる。痛みに歯を食いしばった祖父の顔は殴られて変色し、所々腫《は》れ上がっていた。

「……………」

その横でもう一人、俯《うつぶ》せになったまま動かない人物を庇《かば》うようにいた黒い影。ラフィリアを見て言葉を失っていた「それ」は、涙声で呟いた。

「そんな……ラフィリアまで……」

絶望に打ちひしがれる声はアリアのものだ。アリアの側《そば》に倒れたままの人物は、体格から男だと分かるがピクリとも動かない。

男達に酷《ひど》くやられたのか、それとも死んでいるのか判断が付かなかった。この人物がアリアの従兄《いとこ》であるトリスタンだろうか？

「で？」

ラフィリアは平然と男達の方へと向き直る。そのラフィリアの様子に、男達が訝《いぶか》しがっているのが雰囲気から伝わってきた。

「お前、身内が痛めつけられて動じもしないのか？」

「この人達は私を捨てたも同然だもの。自分の身可愛《かわい》さに黙って逃げ出した人達なのよ、仕方ないでしょ」

ラフィリアの言葉にショックを受けたのか、祖母が泣き出した。静けさに包まれた室内に、すすり泣く声が響く。

「はっ。じゃあなんでここに来たんだ？」

「忠告しに来たのよ。王家がここの領主と取引を始めようとしたらこいつらがいるって分かったんだもの。だから忠告役として連れて来られたのよ。ほんと迷惑」

「……………」

ラフィリアが言っている内容の真偽を確かめようと男達は睨《にら》んでいたが、事前に調べた情報と合っていたのか、「まあいい」と流された。

「用があるのはお前だからな」

「はあ？　どうして私？」

「お前がいればサウヴェル・ヴァンクライフトが出てくるだろう？」

ニヤリと笑う男の言葉に、ラフィリアは笑った。

「何がおかしい」

「笑うわよ。私相手に二人？　ふざけてんの？　あと、お父さんは出てこないわ」

「何……？」

「甘く見られたもんね。私、これでも将来有望なのよ？」

ブツリと何かが切れる音がした。縛られていたはずのラフィリアの腕が、いつの間にか自由になっている。薄暗い部屋の中でフッと消えたラフィリアの姿に焦った男達が、辺りを見回した。下から顎《あご》にかけて靴の底が当たる手応《てごた》え。衝撃に仰《の》け反った男の体は力を失い、そのままドサリと倒れ込んだ。

いきなり倒れた仲間の様子に、もう一人の男が慌てながら戦闘態勢に入った。

「遅いわよ」

笑いながらラフィリアは男に足払いをかけた。慌てて男が手を付いて体勢を整えようとするが、ラフィリアはそれを見越して足払いをした勢いのまま、ジャンプして回し蹴《げ》りを繰り出す。

「ぐ……っ」

男が慌てて拳《こぶし》を出すが、ラフィリアは器用に受け流し、男の腕の関節を固めてくぐり抜け、下から男の顎を蹴り上げた。

「ぐあっ」

一方的な展開になったその場を、アリア達が呆然と見ていた。そしてふと、その場にいなかった者の声が響く。

「やり過ぎて殺すなよ」

「大丈夫よ伯父様。とっても手加減してるもの」

アリアは男の声に聞き覚えがあった。ハッと声の方を振り向いている。光り輝く銀の髪の男と目が合ったとたん、アリアは引きつった悲鳴を上げた。

ロヴェルは相変わらず冷たい表情でアリアを見ていたが、すぐに興味を失ったようにラフィリアに向き直った。

「ふむ。他の奴も捕まえたようだ。先に外にいるぞ」

「はーい」

エレンからの念話で連絡が来たロヴェルは転移して外へと出る。エレンはヴァンと共に片っ端から見つけた男達を拘束して小屋の外に転がしていた。

先程までいなかった植物を司《つかさど》るフランとオープストが男達の拘束役に喚ばれていた。

精霊使いが荒いとぷりぷりしていたが、エレンからお菓子を差し出されてすぐに機嫌を直した。

「だいぶいたな。これで全部か？」

「うーん。どうやってそこを確かめましょう……」

聞き出すにも今は自害しないように蔦《つた》で猿ぐつわをさせている。何か手が無かったかなと思いながらエレンが考え込んでいると、思いがけない人物を思い出して「あっ」と声を上げた。

「エレン？」

「適任がいました。ちょっと頼んできますー！」

そう言ってエレンが転移した先はヴァンクライフトの診療所。急に現れたエレンの姿に、診療所のエントランスにいた者達は驚きの声を上げた。

「トゥルーいますか？」

エレンの呼び声にトゥルーが姿を現した。その精霊を見た瞬間、エントランスは恐怖の叫び声に包まれた。

「あ、皆様ごめんなさい！　大丈夫ですから！」

『姫様？』

「トゥルー、ちょっと手伝って欲しいの。来てもらってもいい？」

『御意』

エレンはトゥルーの手を取って、ロヴェルの元へと戻っていった。

トゥルーを連れて戻ると、ラフィリアが血まみれの男を引きずりながら外へ放り出す場面に出くわした。

「ひゃっ！」

ボコボコにされた男にエレンが驚くと、ラフィリアが「あ、ごめん」と謝ってきた。

「え？　え？」

「エレンが驚くのも無理はないよ。ほんとにこいつは猛獣だ」

「え？」

「伯父様、ほんっと失礼ね！　ちゃんと手加減はしたわよ！」

「俺もロヴェル様に同意します。エレン様が見ていないのをいい事にやりたい放題……」

「あんたもボコって欲しいわけ？」

「遠慮します」

「我も吃驚《びっくり》ですぞ……」

ラフィリア達が無事なら良いが、エレンは血が苦手だ。あまり見ていられずに目を逸《そ》らした。

ヴァンまでラフィリアに引いている。ラフィリアにはロヴェルが付いていたはずなのに、ちょっとトゥルーを呼びに行っていた間に何があったのだろうか。

エレンが目を瞬《またた》いていると、トゥルーの存在に気付いたロヴェルが、なるほどと声をかけた。

「トゥルー、ちょっといいか。こいつらの仲間が何人いるか見て欲しい」

『御意』

トゥルーはぐりんと首を動かして男の前に顔を近付けた。トゥルーの首の動きを目の当たりにした男はくぐもった悲鳴を上げる。

『十二』

トゥルーの声にロヴェルは眉間《みけん》に皺《しわ》を寄せた。

「多いな……近くの町に三人、小屋に二人、外に五人……一人いないぞ」

残党がどこにいるのかエレンは思考を巡らせた。

（もう一人……ヴァン君達が見つけられなかったって事は建物内にいた？）

「トゥルー、もう一人の居場所が分かるか？」

『御意』

トゥルーがもう一度心を読もうとした時、遠くから複数の馬の走る音が聞こえてきた。

馬の嘶《いなな》きと共に慌てて男が止まる。馬から下りて周囲を見回し、まじまじと縛られた男達を見た。

「こ、これは一体……!?」

そう叫んだのは三十代の見知らぬ男性。気品のあるその佇《たたず》まいから、この人が領主と思われた。

一緒に戻ってきたガディエル達は、もう捕まえたのかと驚いている。

領主の護衛として付いてきたと思しき男性二人を見て、エレンは目を見開いた。

「とーさま！　残党は領主様の側にいますっ！」

エレンの叫び声に、領主が目を丸くした。

「え……？」

『左』

トゥルーはそう言うと、背中の木々のような骨を左側の男に向けていた。領主は何故か寒気が走った。目の前にいる不思議なものが指している方向へ、領主がゆっくりと首を動かす。

「チッ」

舌打ちが領主のすぐ右で聞こえた。領主の目の前を風のように通り過ぎた男は、その先にいたラフィリアに向かって一直線に何かを突き出した。

「ラフィリア――‼」

「え？」

エレンの悲鳴にラフィリアも気付く、しかし一瞬気付くのが遅かった。

男のナイフが目の前に迫っていると気付いた瞬間、その声はした。

「アタシの目の前で嬢ちゃんを狙うとはいい度胸だねぇ」

姿を現したアウストルがナイフを持った男を殴り飛ばす。

「ぐはっ」

放物線を描いた男は、空中で体勢を整えてくるりと回転してスタッと着地した。

しかし、諦《あきら》めずにまた向かっていく。その先にはアウストルがいて、ニヤニヤしながら拳を固め、指をゴキゴキと鳴らしていた。

しかし、そんなアウストルと男の前に黒い何かが壁となって立ちふさがる。

「ラフィリアに近付くんじゃね――！」

今度はカールの声だ。ブブブブブという大量の虫の羽音は黒い壁から聞こえてきた。

「ぐっ、くそっ、蜂《はち》か⁉」

男が慌てて顔の周りを飛び交う蜂を追い払おうとするが、一向に離れない。

それどころか、至る所を刺されたらしく、男から悲鳴が上がった。

「ありがとカール！　虫達を退《ど》けて！」

「は？　え？」

「お？」

アウストルとカールが目を瞬く。慌ててカールが男から蜂を退かせると、ぱっと黒いものが散った。それを見計らい、絶妙なタイミングでラフィリアが飛び出した。

「よくも私の家族を狙ってくれたわね」

目の前に迫った気がしたラフィリアの姿はなく、いつの間にか男の頭上からラフィリアの声がする。トンッと軽く地を蹴り、ラフィリアは上へと跳んだのだ。

ラフィリアはそのまま空中でくるりと回転し、男の頭上に重い踵《かかと》落としを一発お見舞いした。嫌な音と共に男が泡を吹いて倒れた。

「……これだから猛獣は」

ロヴェルが呆《あき》れたように肩をすくめた。

音もなく綺麗《きれい》に着地したラフィリアは、カールとアウストルの方に笑顔を向けた。

「ありがと、二人とも！」

「お、おう」

「なんでえ。アタシいらねーじゃん」

アウストルはちょっと複雑そうにしていたが、カールは片手を上げて返事をしている。

ただ、無事ではなかったのはエレンだ。

「……エレン？」

ラフィリアが狙われた瞬間を目の当たりにしたエレンは、心臓の辺りをぎゅっと摑《つか》まれた気がした。

ショックからひくっひくっとエレンが呼吸困難に陥っているのに気付いたラフィリアは、慌てて抱きしめてエレンの背中を擦《さす》った。

ロヴェルもカイも、皆が慌ててエレンの周囲に集まった。

「エレン、エレン、大丈夫だからゆっくり呼吸して」

「はっ…はっ…はっ……」

エレンはラフィリアにしがみつき、ゆっくりとラフィリアを見上げた。

こちらを気遣うラフィリアを見て、エレンの瞳《ひとみ》に涙がぶわりと溜《た》まっていく。

ラフィリアはエレンの背中を擦りながら、優しく呼びかけた。

「大丈夫、大丈夫だよ、エレン。もう終わったよ」

「ら、らふぃり、あ……」

パニックに陥って震えるエレンをロヴェルが引き受けようとしたが、エレンはラフィリアの服を握りしめて離さない。

「だい、だいじょ、ぶ……？」

「大丈夫。大丈夫だよ。怪我《けが》もないよ」

「ない……？　けが、ない……？」

エレンは震えながらラフィリアを見てぼろぼろと涙をこぼしていた。何度も何度もラフィリアの無事を確かめる。

「よか……よかった……！」

堰《せき》を切ったようにエレンがわんわんと泣き出す。ラフィリアにしがみついて離さないエレンに、ラフィリアは驚いていたが、しだいに照れて嬉《うれ》しそうな顔をした。

「ありがと、エレン……」

ラフィリアは宝物を守るように、エレンをぎゅっと抱きしめた。

第三十七話　再会

ロヴェルとヴァンが男達を転移でサウヴェルの元へと送り届けて一段落となった。

ガディエルはジェフリーと蜜蠟《みつろう》の取引を結び、エレン達は大精霊を喚んでトリスタンとラフィリアの祖父の治療と、慌ただしくしていた。

フェルフェドの治療院へと運ばれたトリスタンは、何とか一命を取り留め、ベッドの上で眠り続けていた。

その横で項垂《うなだ》れていたのはアリアだ。全身を白い布で覆った修道女のような格好をしている。アリアはトリスタンの側《そば》からずっと離れず、看病をしていた。

人払いされたそこへラフィリアが入ると、顔を上げたアリアが気まずそうな顔をした。

全身黒い女だと噂《うわさ》されていたが、顔は昔の記憶と同じく普通だ。ただ、ラフィリアの記憶よりも痩《や》せてやつれた顔があった。

「……この人、なんでこんなにやられたの？」

ラフィリアの質問に、アリアが擦《かす》れる声で言った。

「私《わたし》を……庇《かば》ったのよ……」

「ふーん」

冷たいラフィリアの声に、アリアは震えた。ラフィリアを置いていった負い目からか、アリアの手はぶるぶると震えている。

「で？　次はこの人なの？」

ラフィリアの言葉にアリアは傷ついた表情をした顔を上げた。しかしそこで見たラフィリアは、アリアを睨《にら》んでいた。

ショックを受けたままの顔は、ラフィリアの視線から逃れようと俯《うつむ》いていった。

「違うわ。……違うの。私は近付けないわ」

「どうだか」

鼻で笑うラフィリアの態度に、アリアは泣きそうになっていた。

「なんであんたが傷ついた顔してんの？　私を捨てたくせに」

「す、捨ててない……！」

首を振って否定するアリアに、ラフィリアは鼻で笑った。

「噂を流されて、ヴァンクライフトに居づらくなったんでしょ？」

「……っ！　ち、違うわ……男が……暴れて……」

「噂で真相を知ったあんたの昔の男が、店で暴れたとか？」

「…………」

アリアに執着していた男は、イザベラとサウヴェルが捕まえていたはずだ。すると、騙《だま》されていた男の身内だろうか？

あれだけ店が荒らされていたのだからとアリア達を心配していたが、考えてみればラフィリアと連絡する手段はいくらでもあったはずだ。

それを全くせず、祖父母にぬくぬくと守られてこんな所にひっそりと隠れ住んでいた。

「自業自得じゃない。あんたも……私も」

「…………そうね」

重い空気が辺りに満ちる。しかし、言わないといけない事がある。その為《ため》にここに来たのだ。

「あの場で言った忠告というのは本当よ。これからあんたのいる養蜂《ようほう》場では王家との取引が始まる。だけど、無理難題を言うようであれば王家から制裁を加えられるから気を付けるのね」

「…………」

「何かあっても王家や貴族はあんたを助けない。だけど、エレンが手を出すなって言ってくれてたの」

「エレン……？」

「あんたを断罪した女の子よ」

「ヒッ‼」

思い出したのか、アリアが引きつった悲鳴を上げた。

それに苛立《いらだ》ちを覚えたラフィリアは、感情を抑えきれなくなった。

「あの子に怯《おび》える必要がどこにあるの？　あんたはエレンに何度も命を救われている自覚はあるの？　その断罪を受けた時にも忠告されたでしょ。離婚する時だってエレンはあんたの命を取らなかった。そして今回だって！」

「そんな……」

「あんたも私も自分の事ばっかり言って人の話を聞かなかった。だからこんな事になったのよ。それでもエレンはあんたを助けたの。どんなに酷《ひど》い事をされたって、あの子は最後までとても優しくて見捨てないわ。私だって……あんなにエレンを目の敵にしていたのに、こんなに救われるなんて思いもしなかった……」

何よりアリアの顔だけは真っ黒でない所が、今ならエレンの慈悲だと分かる。

それこそ全身隙間《すきま》なく、エレンはアリアを真っ黒に染め上げる事が出来ただろう。それをしなかったのは、アリアを一目見て忌避した人達から殺されるのを防ぐためだった。

ラフィリアがその事を伝えると、アリアは信じられないと言わんばかりに目を見開いていた。

「あの子を逆恨みするようなら、今度は私があんたに制裁を加える」

「ラフィリア……」

決意を込めた目で睨み付ける自分の娘の姿を見て、アリアはようやく納得する。娘の手を離したのは、紛れもない自分だったのだと。

「お父さんと……お母さんに悪い事をしたわ……」

「は？　急に何？」

「こんな事になった私を、お父さん……おじいちゃんとおばあちゃんは見捨てなかったの……私を匿《かくま》って、逃げてくれた」

「………」

「こんな事をしても、私は娘だと……それを聞いて、私は信じられなかった」

「おじいちゃんとおばあちゃんの優しさに甘えてるだけでしょ」

「そう……そうね。私は自分のことばっかりで……ラフィリアを娘として見てなかったって気付いたの」

「そうね。私はあんたの物だったみたいだから」

「………おじいちゃんとおばあちゃんは、ラフィリアをずっと心配していたわ。でも、あの人の所にいた方が幸せだろうって……私達を忘れてもらった方が、ラフィリアは幸せだろうって……」

「……そう」

「だから私じゃなくて、おじいちゃんとおばあちゃんだけは気にかけてあげて」

「そもそもなんで私があんた達を気にする必要があるの？　私よりもあんたを選んで逃げ出した人達に、私がかける情なんてこれっぽっちもないわ」

「そう……そうよね……」

何を言っても無理だと思ったのか、アリアの声はか細くなっていった。

ラフィリアを見ようともしないアリアの態度に、ラフィリアはどんどんと抑えきれなくなった嫌悪感が噴き出していた。

「あんたは、もう言い訳しないのね」

「……してもいいの？」

「……うーん。ダメ、やっぱ無理。聞きたくないわ。だってあんた、こんなに迷惑かけているのに絶対に謝らないんだもの」

これ以上一緒にいたら手が出そうだと思ったラフィリアは、早々に去る事にした。もう二度と会う事はない。

用は済んだとばかりにラフィリアは背を向けて出て行こうとした。

ラフィリアが去ると気付いたアリアは涙が零《こぼ》れた。

「ラフィリア、私のラフィリア！」

「私はあんたの物なんかじゃないッ‼」

振り返ってラフィリアは言い放った。

「私はラフィリア。ラフィリア・ヴァンクライフト。あんたの物じゃないわ。二度と名前を呼ばないで‼」

そう言い捨てて出て行った。その背中越しにアリアの悲痛な泣き声が聞こえてきても、ラフィリアは二度と振り向かなかった。

第三十八話　別れ

　ヴァンクライフトへの帰り道、今度はゆっくりと馬車を走らせていた。最初こそ皆疲れたように寝ていたが、二日目からまったりとしている。三日目の今日はまた肉串《にくぐし》パーティーしようね！　とエレンが言うと、精霊達が目を輝かせていた。

「ヴァン君達、また沢山狩ってきそう……」

「帰ったらこの面子《めんつ》じゃできなくなるからいいんじゃない？　ガディスだって羽伸ばせなくなるでしょ」

「ああ、そうだな。帰ったら忙しいな」

　この一件で一気に打ち解けた皆は、和やかに話す。ガディエルは嬉《うれ》しそうに、エレンと取引ができるなんてとテンションが上がっているようだ。

「殿下、蜜蠟宜《よろ》しくお願いしますね。負けませんから！」

「……協力ではなく勝負なのか？」

　複雑そうにするガディエルは、他《ほか》にも納得できないことがあるとエレンに向き直る。

「最後まで私の名を呼んでくれないな」

「え？　殿下？」

ロヴェルが不穏な空気を察知し、怖い顔をしてガディエルを睨む。ラーベ達が、「あっ」と声を上げそうになった。

ガディエルはロヴェルに気付かず、そのまま口にした。

「ほら、ガディエルとまでは言わない。ガディスだ。ガディスと呼んでくれ」

「殿下」

「むむむ……」

エレンの隙のない対応に満足したのか、ロヴェルはふにゃりと表情を崩し、エレンの頭を撫《な》でていた。

「おにぶさんで良かった」

「とーさま、また悪口ですか？」

「そのままでいてね」

「悪口ですね!?」

そんな親子のやり取りに発展していて、ガディエルの存在は一瞬でぽーんとかき消されてしまった。

「うーん、手強《てごわ》いですねぇ」

ラーベの言葉に、ガディエルは「うるさい」とふて腐れた顔をしていた。

＊

野営地点に到着し、各々が準備をしているとエレンがラフィリアに声をかけた。

「先に切っててくれる？　私《わたし》、野菜洗ってくるから！」

「え、洗うなら……ラフィリア？」

ラフィリアはエレンの方には振り向かず、一人川辺の方へと向かっていた。

エレンはその後ろ姿に声がかけられない。一人にして欲しいと物語っていたのだ。

「……ラフィリア」

心配そうなエレンの声に気付いたカールが、エレンの視線の先を見た。

「…………」

カールはエレンの肩を叩《たた》き、「大丈夫」と笑いかけた。


ラフィリアは一人、冷たい川で芋を洗っていた。その手付きはゆったりとしている。

心配をかけてしまうから一人になりたかった。理由を付けて離れたものの、エレンは気付いているだろう。

鼻がつんとしてくる。耳から離れないアリアの泣き声。痩《や》せこけて弱った母の姿が目に焼き付いている。

ショックだったのは本当だ。自分を捨てた母親を恨んでいたのも本当だ。

だけど、本当はずっと心配していた。

「……ぐす」

鼻を啜《すす》りながら手を動かしていると、頭の上に籠《かご》を置かれた。

「……何すんのよ」

「洗ってんのか泣いてんのかどっちなんだよ。お前自分の顔も洗ってんのか？」

「うるさいわね……」

「おら、手伝うよ。日が暮れちまう」

カールが横に腰を下ろし、ラフィリアが持ってきた籠から芋を引き取っていく。

バシャバシャと芋を洗う音だけがしばらくしていたが、このままでは一人になれないとラフィリアが口を開いた。

「………どっか行ってよ。空気読んでよ、バカール」

「なんだと!?　心配してんだよ！」

「余計なお世話よ!!」

いつもと変わらないやり取り。それが今はつらい。

「うるせえよ！　いつものお前じゃねーんだよ！　調子狂うんだよ!!」

立ち上がって叫んだカールに負けじと、ラフィリアも立ち上がって真っ向から叫んだ。

「私だって泣く時は泣くわよ‼」

叫んだ拍子に堰《せき》を切ったように涙が零れた。ため込んでいたものが次から次に溢《あふ》れる。

ずっとずっと我慢して、心配かけないようにしていたのに台無しだ。

「う、く……」

「声を押し殺して泣くなよ……」

カールがラフィリアの頭を抱き寄せて、自分の胸にラフィリアの頭を押し当てた。芋が手からすり抜け、水の中にバシャンと音を立てて落ちた。

「なに……すんの、よ……」

「うるせえよ。黙って泣いてろ」

「さっきと……言ってることが違うじゃない……」

平然と返したいのに唇が震えて上手くいかない。込み上げるものを押し込めようとするが、それに気付いたカールは、まるで周囲からラフィリアを隠すようにラフィリアの頭を抱えた。

「うるせえ」

耳元で小さく聞こえたカールの声。

「うう……バカール……」

「お前ほんっと生意気だよな」

そう言いつつも、カールの声は優しさに満ちていた。

ラフィリアはカールの服を掴《つか》み、ぎゅううと握りしめる。

「……もう、二度と……お母さんに会えない……」

「うん……」

「おじいちゃんも……おばあちゃんにも会えないの……」

「うん」

「私が……私がヴァンクライフトだから……また、狙われちゃうから……ひくっ」

「そっか……つれーな……」

抱きしめたラフィリアの頭がこくんと頷《うなず》いた。カールの胸の辺りが、ラフィリアの涙で濡《ぬ》れていく。

ラフィリアはアリアに冷たく接したが、そうする必要があったのだ。

もう二度と命を狙われないように、敵に接触されないように、絶縁状を叩きつけたのだ。

「お、お母さん……おかあさん……」

悲痛な声で泣くラフィリアを、カールは黙って抱きしめていた。

第三十九話　蜜蝋《みつろう》

ヴァンクライフトに戻ってから、エレン達はまた一気に忙しくなった。

養蜂場《ようほう》を管理しているトリスタンが倒れたので、本格的な取引はしばらく先になってしまうものの、元より今は冬だ。

ミツバチ達が冬眠している時期でもあったので、今の内にトリスタンとラフィリアの祖父には身体《からだ》を治してほしいとお願いしてある。

手元にある分なら今売れると、ジェフリーが代わりに売ってくれた蜜蝋を使って、エレンは練り薬を始め、なんと蜜蝋を材料にした画材を作り始めたのだ。

「……画材!?」

これを知ったガディエルの驚きはもっともだった。エレンが作りたいと言ったものが画材だった事にロヴェル達も驚いている。

ヴァンクライフトの屋敷に集まった面々は、エレンが試作した画材をまじまじと見ながら疑問を口にした。

「なぜ画材なんだい?」

ロヴェルの言葉に他の者も興味津々だ。これらは治療院に関係しているとエレンは言っていた。いったい、どう繋《つな》がっているというのか。

蜜蠟は薬の材料として扱うと思っていたせいか、余計に画材になるなど思いもしなかったようだ。

「患者さんは、全員が治療を受けられるわけではありません。一番の理由は払えるお金がないからです」

「そうだな」

「でも、慈善事業では治療院は成り立ちません。そこをどう解決できるかずっと考えていたの」

エレンは蜜蠟を溶かし、オリーブオイルとコーンスターチ、エレンの力で出現させたタルクなどを混ぜて素となるものを作り上げた。

そこに色の素となる天然石を出現させて粉砕して混ぜ、十二色のクレヨンを作ったのだ。

この場にはガディエルと護衛達がいるので、製造方法は秘密にしてある。

「手足を怪我《けが》した患者さんは、お金を稼ぐのが難しくなります。でも、無理をしてでも働かないと食べていくのもやっとの人が多いんです。そんな経済状況で治療なんて無理だわ。だから余計に身体を壊しちゃうの」

「……まさか、それで絵を描かせるのか？」

「絵を描くのは練習が必要で膨大な時間がかかってしまうから無理でも、製造方法と材料は秘密だけど、作り方は簡単なの。足を怪我した人でも、手が無事なら混ぜる事はできるでしょう？」

「まさか、患者に作らせるのか！」

エレンの発想にサウヴェルが唸《うな》った。

「賃金というよりは、代わりに治療……に近いかもだけど、治った後に少し働いてもらうとかでもいいと思うの。そうしたら、お金がなくて治療が受けられないと思っている人も治療に来ると思うわ」

「確かに画材はかなり高額で売れるな……」

画材が高額な理由は、使われている色にある。砕いた天然石を混ぜて作っているので、宝石を買うのと同等なのだ。

そして絵は貴族達の娯楽とステータスでもあった。

「もちろん、払えない状況にいる人限定で、期間限定の特別処置みたいな感じになるんですけど……」

「材料の取引と製造、そして画材の販売……なるほど、それで三つか」

以前にエレンの言っていた事業三つ分という意味が分かって、サウヴェルは言葉が出てこないようだった。

さらにエレンは、フェルフェドの炭を利用した木炭でも画材ができると言った。

油絵の下絵に使う木炭はいわゆる鉛筆の素だ。蜜蠟だけではなく、フェルフェドの木炭が王家に売れると聞いたジェフリーは、興奮して二つ返事で契約を結んでくれた。

「絵の教室を開いて、絵を描くというのも良いんです」

「……画家に頼むのではなく？」

「患者さんに描いてもらいます」

「どうして？」

なぜ患者に描かせるのか意味が分からないというロヴェルにエレンがその理由を説明した。

「売るとかが目的じゃなくて、描くことが大事なの。別に描くことだけじゃないわ。植物の世話だったり、動物と触れあったり……負担にならない程度の、ちょっとした事が大事なの」

「気晴らしみたいなものかい？」

「はい。怪我や病気をした人達は心に傷を負っている事が多いの。働きたくても働けない、身体が満足に動かない。そこからくる不安が、次の病気を呼んでしまう事もあるわ」

エレンは作ったクレヨンを並べながらロヴェル達に説明した。

「上手く描けた物は買い取ってもいい。そしたら、大きなお金にもなる。治療しつつもお金が稼げたら、みんな治療を受ける事に抵抗がなくなるかなって……」

ちょっと自信なさげなエレンの言葉は、尻《しり》すぼみになっている。これが軌道に乗るかは分からないが、誰《だれ》もが売れると確信していた。

「むしろ、これが切っ掛けでヴァンクライフトは画家が生まれる土地になるのではないか？」

ガディエルの言葉にサウヴェル達がぎょっとする。

それは十分にありうる。なによりヴァンクライフトは騎士がいる領土というよりも、今や治療院が有名になりつつあるからだ。

「今度は絵を習いに人が押し寄せるのでは……？」

相乗効果三つ分どころではない。サウヴェルはこれ以上忙しくなるのかと胃の痛みが再発した気がした。

サウヴェルの状態に気付いたガディエルが、ここぞとばかりににこやかに笑った。

「安心するといい、サウヴェル。私が大部分を引き継ごう」

「……殿下？」

「画家が主にいるのは王都だ。絵が売れないと嘆いている画家はたくさんいる。仕事を斡旋《あっせん》してヴァンクライフトへ向かわせよう。ああ、絵を買い取ってもいいな。王都で売れれば箔《はく》も付くだろう？」

にこやかなガディエルの笑みが、ラヴィスエルと被《かぶ》る。

これに一番反応したのはロヴェルだった。

「ぐ……やりにくい顔をしているぞ！」

「王都に金が回ると思うと、不思議と楽しい気持ちになってきた。なんだろうか、この気持ちは」

「うわあああ！　紛う事なきあいつの息子がいる！」

不敬過ぎるロヴェルの叫びが楽しくなってきたガディエルも、つい言ってしまった。

「なるほど。陛下がロヴェル殿を気に入っている理由が分かった気がした」

「やめてくれ！」

そう反応するロヴェルを見て、エレンが溜息《ためいき》を吐《つ》いた。

「とーさま遊ばれてますね」

「助けてエレン！」

ガディエルから逃げるようにエレンを抱きしめてくるロヴェルに、エレンは抱き潰《つぶ》される。

「むぎゅううう」

すりすりとエレンに擦り寄るロヴェルを見て、ガディエルは楽しそうに笑っていた。


その後、試作したクレヨンを画家に配布して絵を描いてもらい、クレヨンという画材を普及させていく所から始まった。

これはガディエルがヴァンクライフトと結んだ新たな事業となる。

これをラヴィスエルに報告したガディエルは、初めてと言って良いほど、ラヴィスエルから褒められた。

蜜蠟の本格的な取引が開始する春まで、まだ時間がある。やるべき事はたくさんあった。

明るく開けた未来を想像して、ガディエルは胸が弾んでいた。

第四十話　エピローグ

今回の件で距離が近くなったガディエルは、視察という名目でしょっちゅうヴァンクライフトに来るようになったのだ。

「また来たんですか？」

「ロヴェル殿、結界を頼む。今日は助産院を見たいのだ」

「あそこは男子禁制です」

「それは嘘《うそ》だな。男性も育児に協力するように教育を受ける場があると聞いている」

「チッ」

着々とラヴィスエル化が進むガディエルに、やりにくくなったとロヴェルが苦い顔をしていた。

「エレンはいないのか？」

「会わせませんよ!?」

そんなやり取りをしているとかいないとか。

ヴァンクライフトに帰ってきたラフィリアは、その足ですぐにサウヴェルの所へと向かった。

書斎にリリアナがいたのには驚いたが、ラフィリアの顔を見るなり、サウヴェルが抱きしめてくれた。

「ああ……無事で良かった」

「ただいま、お父さん」

「ああ。お帰り」

親娘《おやこ》の抱擁を微笑《ほほえ》ましそうに見ていたリリアナは、部屋を出て行こうとしてラフィリアに止められた。

「二人とも、ちょっと座って聞いて欲しいの」

「……どうしたんだ？」

「いいから」

ソファーの向かいに二人を座らせて、ラフィリアはスッキリした顔をして言った。

「お母さんには絶縁状を叩《たた》きつけてやったわ。私はもう二度と会わない」

「……いいのか？」

「良いも何も、あの人達は私《わたし》を置いて逃げ出したのよ。今さらでしょ。それにこんなに迷惑かけといて絶対に謝んないのよ。ほんと信じらんない」

「……まあ」

リリアナが痛ましそうな顔をしていた。実の子と絶縁するという事態がどれほどのものか、息子を愛しているからこそ分かるのだろう。

「あ――っと、だからね、お父さん……」

「なんだ？」

「お母さんの事は、もう気にしないで、先に進んで欲しいの。もう我慢しないで欲しいの」

「え……」

「あの、リリアナさんも……あの、その……」

「えっと……それは……」

困った風にリリアナがサウヴェルの方を見る。サウヴェルもまさかという顔をしていた。

「離婚してもお母さんを気にしてたのは知ってる。私がいるから余計にね。でも、あっちも気になる人ができてたみたいだし、気にしない方がいいよ」

「まさか……断罪されているのにか？」

「本人は違うって言ってたけど、今さらでしょ」

「そ、そうか……まあ、女神に忠告されても聞かなかったからな。今さらか……」

ラフィリアはサウヴェルの顔をちらりと確認すると、ショックと言うよりも呆《あき》れているのが分かって、少し笑ってしまった。

「あの、リリアナさん……」

「はい」

「お父さんは、ダメ？」

「えっ⁉」

「ダ、ダメですか？」

「ダ、ダメなんてとんでもない……！」

「ほんと？」

「……ええ。もったいないくらいよ」

リリアナの返事を聞いて、ラフィリアは嬉《うれ》しそうに笑った。

「じゃあ、私のお母さんになってくれる？」

「まあ……！」

「ラ、ラフィリア⁉　それは俺《おれ》が言うことだろう⁉」

「だって、ずっと言わないいじゃん。だから私からお願いしてんの。言うなら今でしょ！」

「だだだだめだ！　俺が言う‼　リリアナさん！　俺と結婚してくれ‼」

「……っ！」

リリアナは両手で口元を覆い、ぽろりと涙をこぼした。

「あああ……泣かないでくれ。泣いて欲しくないんだ。喜んで欲しいんだ」

隣に座ったリリアナをサウヴェルが抱き寄せると、リリアナはごめんなさいと言って泣いていた。

「私で……いいのかしら」

「リリアナさんだからいいの！」

ラフィリアが笑顔で言うと、リリアナは嬉しいと言ってまた泣いた。

＊

エレンがヴァンクライフトに来る時には、どういう訳かアウストルまで付いてくるようになった。

どうやらあの後のラフィリアが気になっているらしい。

「ラフィリアー――！」

「エレー――ン！」

きゃっきゃと二人で抱き合う姿を見て、アウストルはホッとした顔をしている。

「よう。元気になったじゃないか」

「ありがと！　あとね、お母さんが増えることになったの！」

「え？　えええええええ!?」

リリアナさん!?　リリアナさんだよね!?　とエレンが何度も確認した。

「うん。へへへ。お父さんが言わないから、私から言ってやったわ！」

してやったりとニヤリと笑うラフィリアの顔は晴れやかだ。エレンはおめでとう――！　と喜んだ。

「お祝いしなきゃ！」

「ありがと！」

「あ、それじゃヒューム君はラフィリアのお兄ちゃんになるんだ」

「ゲッ！　あいつの存在忘れてた‼」

嫌なの⁉　というやりとりをしているエレンとラフィリアを、アウストルが微笑ましそうに見ていた。

「娘もいいねぇ」

アウストルの言葉に、ヴァンがぎょっとした顔をした。

「なんだい？　チビ」

「いや……あの……噂《うわさ》で父上と母上の求愛行動は山が更地になるほどだと聞いたのですが……」

「そんな事もあったっけ」

「え、何その話、超気になる」

いつの間にかエレンとラフィリアが興味津々にアウストルとヴァンを見ている。

『何でもないさ！』

急にぶわんとアウストルが獣化して寝そべった。その姿は圧巻の一言。十人乗りの乗り合い馬車数台分もありそうなアウストルの獣化に、エレンが興奮した声を上げた。

「ふおおおおおおおおおおおお‼」

「え、何⁉　エレンのそんな声初めて聞いた‼」

「もっふもっふもっふもっふ！」

「え、なに？　何なの⁉　大丈夫⁉」

エレンがぴょんぴょん跳ねながら「もっふもっふ」とかけ声を上げ、アウストルへと近付いていく。そのまま寝そべるアウストルのお腹《なか》に勢いがついたままダイブした。

「もっふ～～～～ん！」

ばうん……と温かさと弾力に包まれてエレンの顔は幸せそうだ。

『姫しゃま――――！　我という者がありながら浮気でございますぞ――――‼』

半泣きのヴァンが獣化してウロウロと周囲を駆け回る。

「うう～ん……包まれるうう……」

うっとりとしたエレンを見て、ラフィリアもごくりと唾を飲みこむ。

それを聞きつけたアウストルが、ニヤリと笑って言った。

『嬢ちゃんも来な。アタシの毛並み試してみなよ』

「い、いいの……？　お邪魔します……」

そっとエレンの横で抱きつくと、何とも言えない幸福が待っていた。

「何これ～～～～～～～～……！」

「もふもふう～～は～～～～幸せ……」

『姫しゃま――――!!』

ヴァンが叫ぶ。カイはしれっと断りを入れて、アウストルの肉球をぷにぷにと押していた。

『貴様まで!? 我という者と契約しておきながら!!』

「お前は肉球を触らせてくれない」

『当たり前だ!!』

『アタシ、モテ期が来たよ』

どこで覚えてきたんだとエレンが突っ込みそうになったが、そんな事などどうでもよくなる心地よさだった。

「ヴァン君、ヴァン君、こっちこっち」

『うう……ひめしゃま……』

半泣きのヴァンにこっちに来てと、エレンはアウストルに背中を預けたままお願いした。

「挟んで! 挟んで!」

『……こうでございますか?』

アウストルとの間にエレンを挟むように、ヴァンはぴとっとエレンに擦り寄った。ラフィリアも一緒に挟むことになってしまったが、エレンのお願いだから仕方ない。

「もふもふサンド~~~~!」

名前を付けてエレンは幸せそうだ。

「は〜〜〜……これ、ダメなやつぅ……ヴァン君も最高……」

幸せそうなエレンに、ヴァンは少しばかり満足した。

温かいビロードに挟まれて、エレンとラフィリアはそのままうとうとと寝入ってしまいそうになった。

エレンはラフィリアに擦り寄って、ラフィリアの手を握る。

二人はそのまま、温かさに包まれて仲良く眠った。

＊

一方その頃、激しい雷雨に見舞われていたヘルグナー王城の一室で、窓から外を眺めている女がいた。

部屋に入ってきた兵士の話を聞いて、女は忌々しげに声を荒らげる。しかし、雷の音が女の声をかき消した。

「もういいわ！　下がって！」

一礼して出て行く兵士を殺してやりたくなったが、そんな事をすればここから放逐されてしまう。

さんざんアイツを闇に堕《お》とすのに失敗していたのに、また失敗したと聞いて苛立《いらだ》ちが止まらなかった。

爪を噛《か》む癖がなかなか直らない。忌々しいあの女の顔を思い出し、爪と一緒に唇も噛んでいた。

苛立ちが勝って血が流れていることにも気付かない。

「どうしてアイツばっかり……」

居場所も何もかも奪われた。後から来たくせに、自分から全《すべ》てを奪っていく。

同じように母親と引き離されたくせに、どうしてアイツだけのうのうとしているのだろう。

「大人しくわたくしと同じ目に遭えばいいのよ……」

ああ、そうだった。アイツの血は、半分まがい物だった。だから仕方がない。卑しい平民の血なんて混ざってるから仕方ないのよ。

そんな事をずっとぶつぶつと呟《つぶや》いている女を遠巻きに監視していた「目」は、そのありのままを報告しに行った。


報告を聞いた男は、面白くなさそうにそのままにしておけと言った。

「やはり裏切り者は裏切り者か」

そう言って笑っている男は、ワインの入ったグラスを片手で揺らしている。

血に似た色のワインを飲みながら、男は言った。

「裏切り者は粛清しなければならない。我が精霊はそれを望んでいる」

グラスに残っているワインを一気に飲み干した時、世界が肯定しているかのように雷鳴が響き渡った。

あとがき

あっという間の五巻ですね。お手に取って下さり、誠にありがとうございます。

今回、ネットの方では掲載する予定がなかったお話を書き下ろしとして書かせて頂ける事になりました。

ネットで少し触れている部分はあるのですが、回収できないだろうと思っていたので、担当様から「書いちゃいましょう！」と許可を頂けた時は本当に嬉《うれ》しかったです。ありがとうございます！

今回でラフィリアの周辺が落ちついたのではないかなと思っています。

アリアは自分の両親の行動を見て、ようやく自分がラフィリアに何をしていたのか自覚した所ですので、彼女が変われるとしたらこれからではないでしょうか。

（時系列的に断罪から一年経っていません）

ラフィリアは本当に変わったと思います。ラフィリアの気持ちは、最後にラフィリアが言った「お母さんが増える」という言葉が全てだと思っています。

この作品の中ではラフィリアとアリアの設定が特に変更されました。

ラフィリア、アリアに関しましては周囲の方々のご意見を受け、担当様と相談しながら書いておりました。

当初の予定ではラフィリアもアリアと共に断罪される予定だったのですが、途中でラフィリアを救って欲しいとのお言葉を読者の方々から受けまして、設定が変更となりました。

正直、ここまで彼女が変わるとは思いませんでした。

負けず嫌いで自信満々だけど裏で努力している、そんな女の子。真っ直ぐに突き進んでいくラフィリアは、実にいきいきとしたキャラになったと思います。

これからまた、どんどん成長していくのかと思うと大変楽しみです。


その他、今作コミックス三巻が二〇二〇年の三月に発売されたのですが、この月で作家活動が丁度二年目になりました。

昨年はコミカライズが発売され、小説一巻が翻訳されて韓国と台湾で発売されました。

これも皆々様のおかげです。本当にありがとうございます。

これからもいきいきとしたエレン達を書き続けたいと思います。

前回から引き続き、お手に取って下さった方々。ネットで応援して下さる皆様。

いつもお世話になっております担当K様、T様、校正様、デザイナー様、営業T様。

お忙しい中にイラストを描いて下さいましたkeepout様。

コミカライズ漫画大堀ユタカ様、スクウェア・エニックス担当W様。

応援してくれる友達、続きを早くと催促してくれる姉兄達に伯父と叔母が加わって嬉し恥ずかしです。

本当にいつもありがとうございます。引き続き頑張ります！

また次巻でお会いできますよう、祈っております。ありがとうございました！

お便りはこちらまで

〒102－8078
カドカワBOOKS編集部　気付
松浦（様）宛
keepout（様）宛

カドカワBOOKS

父《ちち》は英雄《えいゆう》、母《はは》は精霊《せいれい》、娘《むすめ》の私《わたし》は転生者《てんせいしや》。5

2020年５月10日　初版発行

著者／松浦《まつうら》

発行者／三坂泰二

発行／株式会社KADOKAWA

〒102-8177
東京都千代田区富士見2-13-3
電話／0570-002-301（ナビダイヤル）

編集／富士見Ｌ文庫編集部

印刷所／旭印刷

製本所／本間製本

●お問い合わせ
https://www.kadokawa.co.jp/（「お問い合わせ」へお進みください）
※内容によっては、お答えできない場合があります。
※サポートは日本国内のみとさせていただきます。
※Japanese text only

Printed in Japan
ISBN 978-4-04-073563-4 C0093

新文芸宣言

かつて「知」と「美」は特権階級の所有物でした。

15世紀、グーテンベルクが発明した活版印刷技術は、特権階級から「知」と「美」を解放し、ルネサンスや宗教改革を導きました。市民革命や産業革命も、大衆に「知」と「美」が広まらなければ起こりえませんでした。人間は、本を読むことにより、自由と平等を獲得していったのです。

21世紀、インターネット技術により、第二の「知」と「美」の解放が起こりました。一部の選ばれた才能を持つ者だけが文章や絵、映像を発表できる時代は終わり、誰もがネット上で自己表現を出来る時代がやってきました。

UGC（ユーザージェネレイテッドコンテンツ）の波は、今世界を席巻しています。UGCから生まれた小説は、一般大衆からの批評を取り込みながら内容を充実させて行きます。受け手と送り手の情報の交換によって、UGCは量的な評価を獲得し、爆発的にその数を増やしているのです。

こうしたUGCから生まれた小説群を、私たちは「新文芸」と名付けました。

新文芸は、インターネットによる新しい「知」と「美」の形です。

2015年10月10日
井上伸一郎

最強の食事係兼ポーターとして
異世界グルメ旅、スタート！
コミカライズ決定！
B's-LOG COMICにて
2020夏連載開始予定！
捨てられ聖女の異世界ごはん旅
隠れスキルでキャンピングカーを召喚しました

すべては復讐のため――
私は悪徳の女王となる。
『公爵令嬢の嗜み』の
最強タッグが贈る、
愛と復讐の最強王政
改革劇開幕――!!
悪徳女王の心得